Susanna Tamaro

Feuer des Herzens

Susanna Tamaro

Feuer des Herzens

Aus dem Italienischen
von Ulrich Rausch

Knaur
MensSana

Die Folie des Schutzumschlags sowie die Einschweißfolie
sind PE-Folien und biologisch abbaubar.
Dieses Buch wurde auf chor- und säurefreiem Papier gedruckt.

Besuchen Sie uns im Internet: www.droemer-knaur.de
Alle Titel aus dem Bereich MensSana finden Sie im Internet unter
www.knaur-mens-sana.de

Originalausgabe März 2006

Ein Unternehmen der Droemerschen Verlagsanstalt
Th. Knaur Nachf. GmbH & Co. KG, München.
Dieses Buch ist bereits unter der Bandnummer 01664 erschienen.

Umschlaggestaltung: ZERO Werbeagentur, München
Druck und Bindung: GGP Media GmbH, Pößneck
Printed in Germany
ISBN-13: 978-3-426-66576-3
ISBN-10: 3-426-66576-X

2 4 5 3 1

Inhalt

Lehre mich, mit einem neuen Anfang zu beginnen, die Muster von gestern zu zerreißen, aufzuhören, zu mir selber zu sagen: ›Ich kann nicht‹, wenn ich doch kann, ›Ich bin nicht‹, wenn ich doch bin, ›Ich bin blockiert‹, wenn ich völlig frei bin.«

Rabbi Nachman aus Breslau (1772–1810)

Anpassung an die Mittelmäßigkeit?

26. SEPTEMBER

Gestern, als ich deinen Brief bekam, fiel mir unser letzter Spaziergang in dem Wald beim Haus wieder ein. Ich musste darauf bestehen, erinnerst du dich? Du wärst lieber auf der Wiese sitzen geblieben. »Ich bin traurig«, hast du gesagt, »ich bin zu müde, um auch nur einen einzigen Schritt zu tun.« Trotzdem liefen wir los. Für eine einfache Plauderei ist die Wiese oder ein Sessel völlig in Ordnung, aber bei so vielen Gedanken und noch mehr Emotionen ist es besser, sich zu bewegen. Laufen hilft, Klarheit zu gewinnen, deutlicher zu sehen und zu fühlen.

Die Luft war noch frisch, die Wiese grün und von Blumen übersät; an den Zweigen der Kastanien trieben die ersten Knospen aus. Einen Augenblick lang verharrten wir in Schweigen, dann, kaum dass wir den Wald betreten hatten, bliebst du stehen und seufztest: »Ich kann nicht mehr.« Du blicktest dich ratlos um. »Was hat das alles für einen Sinn?« Vor zwei Monaten war dein Vater gestorben, ganz überraschend, und dein noch junges Diplomzeugnis kam dir wie ein überflüssiges Blatt Papier vor. »Verstehst du«, fragtest du mich, »ich habe Jahre studiert, gekämpft, viele Opfer gebracht, ohne mich zu fragen, was für einen Sinn das hat. Ich habe alles, was ein Mensch braucht, um glücklich zu sein, aber ich kann nichts damit anfangen. Ich stehe morgens auf und weine und am Abend, wenn ich ins Bett gehe, weine ich noch immer. Und während des Tages überkommt mich manchmal eine große Wut und die Lust, alles um mich herum zu zerstören.«

Auf den Rat einer Freundin hin hattest du dich an einen Psychologen gewandt. Zweimal in der Woche warst du bei ihm, um über deine Probleme zu reden.

»Wie fühlst du dich danach«, fragte ich dich.

»Für kurze Zeit besser. Ich gehe mit einem Gefühl der Befreiung weg, mit dem Gefühl, einen schweren Ballast hinter mir gelassen zu haben. Aber am nächsten Tag ist alles wieder da, so viele Steine, die einem im Magen liegen.«

Wir liefen zum Gipfel des Hügels und setzten uns auf einen Stein. Am Horizont waren die dunklen Umrisse der Berge und die leuchtende Oberfläche des Sees von Corbara zu sehen. Ein mildes Lüftchen wehte.

»Vor zwei Tagen habe ich ihm das gesagt«, waren deine Worte weiter, »und er hat mir erklärt, was diese Steine bedeuten. Die Steine sind unsere Begrenzungen. Wenn sich die Träume der Jugendzeit auflösen, sieht man, wer man wirklich ist. Deshalb ist man traurig. Erwachsen werden bedeutet lernen, sich selbst zu akzeptieren und auch diese Bedingung zu akzeptieren ...«

»Welche Bedingung?«

»Die der grauen Mittelmäßigkeit.«

»Und warum müssen wir uns daran anpassen?«

»Nun, weil das Leben so ist … so unfassbar grau.«
Die Hügel vor unseren Augen waren bedeckt mit Weizen und Roggen, zusammen mit den Mohnblumen und einigen wenigen Kornblumen bewegten sie sich sanft wie ein einziges grünes Meer hin und her. Über diesem Meer flogen zwitschernd einige Lerchen.
Für einen Augenblick schwiegen wir gemeinsam, dann fragte ich dich: »Scheint dir dies alles hier mittelmäßig oder grau?«
»O nein, hier ist es wunderbar.«
»Warum willst du dann auf diese Schönheit verzichten?«
»Ich will nicht, aber ich bin einfach nicht in der Lage …«
»Wozu?«
Ich bemerkte deinen irritierten Blick, als du sagtest: »Ich weiß nicht.«
Viele Leute wollen uns glauben lassen, dass sich unser Leben nicht sehr von dem der Mäuse in ihren Käfigen unterscheidet. Wasser und Essen werden jeden Tag geliefert, wir können feststellen, dass es in anderen Nestern auch Mäuse gibt, das Licht wird regelmäßig an- und ausgeschaltet, es gibt eine Heizung und deshalb sollen wir zufrieden sein, weil es sicherlich andere Mäuse gibt, die mit größerem Risiko und mit weniger Komfort leben als wir selbst. Wehe dir, wenn du dir eine Blume vorstellst oder gar beim Anblick ihrer Farbe Gefühle in dir aufsteigen!
In einer Welt, in der die einzig erlaubten Träume diejenigen sind, die man kaufen kann, gibt es Glück nur noch als Begleiterscheinung von Besitz. Die Selbstverwirklichung, die der Weg jeden Lebens ist – oder sein sollte –, besteht jetzt verrückterweise nur noch in Resignation

und Gleichgültigkeit. Ich verwirkliche mich durch Anpassung, durch Imitieren dessen, was die anderen tun, ohne mich selbst zu hinterfragen. Ich verwirkliche mich, indem ich mich nicht verwirkliche, weil die Gesellschaft mir nichts anderes erlaubt und weil ich nur zwei kurze Beine habe und an keinem Teil meines Körpers Flügel wachsen. Ist es denn wirklich so oder ist das nur eine Ausrede? Oder eine Form geistiger Faulheit?

Es genügt, einen Augenblick innezuhalten, um die Welt der Natur, die uns umgibt, zu beobachten, und man stellt fest, dass alles von der beunruhigenden Selbstlosigkeit, Zerbrechlichkeit und Schönheit aller lebenden Formen zeugt.

Wie sehr wir auch versuchen, in luftdichten Verpackungen zu leben, umhüllt uns das Geheimnis dennoch mit seinem leuchtenden Schein und flüstert uns zu, welchen Weg wir gehen sollen. Es existiert keine Mittelmäßigkeit und kein Grau. Lediglich unsere Angst existiert. Angst davor, erwachsen zu werden, Angst davor, sich den Emotionen zu öffnen. Angst davor, zu entdecken, dass es keinen Käfig um uns herum gibt, sondern nur Freiheit, Luft, und wenn wir den Blick ein wenig heben, die unendliche Weite des Himmels.

Die Unruhe als Wegweiser

3. Oktober

Du schreibst mir, dass du in dir immer stärker den Wunsch verspürst wegzugehen. Du hast kein Ziel und keine Motivation, du hast nur Lust, alles hinter dir zu lassen, was du kennst und was für dich bedeutungslos geworden ist.

Diese Unruhe hat auch mein Leben begleitet, eine Begleitung, die manchmal leise und manchmal absolut penetrant war, so dass ich gut mitfühlen kann, wie es dir geht. Im Alter von zehn, zwölf Jahren war ich allem gegenüber völlig unduldsam: Wenn ich an einem Ort war, wollte ich an einem anderen sein, wenn ich etwas tat, dachte ich nur an etwas anderes, was ich lieber getan hätte. Ich hatte immer das Gefühl, nicht an der richtigen Stelle zu sein. Lange Zeit glaubte ich, dass das eine Art Krankheit sei. Erst als ich erwachsen wurde, verstand ich, dass diese Unruhe ein Zeichen von Gesundheit ist und, wie alle Zeichen von Gesundheit, Energie freisetzt. Eine Energie, die negativ sein kann, wenn wir sie gegen uns selbst richten, aber auch positiv, wenn sie uns anregt, herauszugehen, offen zu werden und nach Antworten zu suchen.

Von meiner Natur her bin ich überhaupt keine Reisende, aber dennoch gab es Zeiten in meinem Leben, in denen ich mich so schlecht fühlte, dass ich gezwungen war aufzubrechen. In dieser Zeit hatte ich das Gefühl, ein wirres Knäuel in mir zu haben. Es waren keine Wollfäden, sondern Stromkabel, deren Enden sich bewegten wie Schlangen und bei jeder Berührung einen Kurzschluss verursachten. Durch den Aufbruch, die Bewegung, hoffte ich, dass sich der Knoten lösen und ich das richtige Ende in die Hand bekommen würde.

Wollte ich behaupten, dass jene Reisen schöne Erlebnisse waren, müsste ich lügen. Es waren regelrechte Ausflüge in die Hölle. Solange du in deiner Welt die Unruhe erlebst, kannst du sie irgendwie beherrschen; aber in dem Augenblick, in dem du dein Zuhause verlierst, spürst du all deine Nacktheit, deine Fragen und deine Ängste.

Du kannst dich nicht mehr ablenken, nicht mehr trösten lassen, nicht mehr flüchten.

Immer wieder bekam ich in diesen Jahren zu hören: Du Glückliche, du hast immer so klare Vorstellungen, weißt immer, was du tun sollst! Die Leute, die auf meine vermeintliche Sicherheit neidisch sind, haben meist keinen Schritt gemacht, der nicht schon von anderen vor ihnen gewagt wurde. Sie sind in einen Bus eingestiegen, haben einen freien Sitzplatz gefunden und sich bequem hingesetzt. Nach etlichen Kilometern mussten sie aber feststellen, dass es doch nicht so bequem war, wie sie geglaubt hatten, und dass die Landschaft aus immer nur demselben Blickwinkel betrachtet ziemlich monoton wird. Dann erst haben sie sich nach einer Alternative umgesehen. Was tun? Aufstehen? Nach einem neuen Sitzplatz suchen? Oder gar den Bus verlassen? Ja, wenn das möglich wäre … Aber dann? Wäre der neue Platz wirklich komfortabler? Und wenn ein anderer einem zuvorkommen und ihn belegen würde? Die ganze Reise zu stehen ist auch nicht erstrebenswert – um die schrecklichste Möglichkeit gar nicht in Betracht zu ziehen, nämlich allein auf der Mitte einer fremden Straße zu stehen, ohne zu wissen, wohin man gehen soll. So bleibt einem nichts anderes übrig, als zufrieden zu sein und sitzen zu bleiben. Es ist unbequem, aber Geduld, man kann sich daran gewöhnen. Die Landschaft ist monoton, aber man muss doch nur die Augen schließen und ein wenig eindösen. Wenn man wählen muss zwischen Risiko und Langeweile, so ist die Langeweile letztlich doch viel sicherer.

Die Natur erzählt uns ohne Unterlass von Entwicklung, Wachstum und Reifen. Warum sollten wir vor diesem Prinzip flüchten, uns hinsetzen und das unabwendbare Todesschicksal abwarten? Der Wunsch, sich in Bewegung zu setzen, den man mit 18, 20, 24 Jahren fühlt, ist keine Flucht, sondern eine Grundlage. Es gibt nämlich kein wahres Leben ohne die Suche nach uns selbst, nach unserem tiefen, transzendenten Aussehen. Es gibt kein wahres Leben, ohne dass wir die Maske ablegen, die uns aufgesetzt wurde.

Das chinesische Zeichen für »Adel«

10. Oktober

Das Ende des Sommers bringt immer eine gewisse Erschöpfung mit sich. Im Garten werden die Tomaten von Schädlingen angegriffen, von den Zucchini bleiben nur einige gelbe Blätter übrig und die Salatköpfe sind verwelkt. Der Garten ist verwüstet und das Haus ist durcheinander. Zu meiner eigenen Unordnung und der Unordnung meiner Mitbewohner, gesellte sich in diesen Monaten zusätzlich noch die Unordnung der Gäste dazu. Die Sachen sind sinnlos im Haus verstreut, überall schauen Zeichenstifte und Alben hervor, dazu noch Gesellschaftsspiele, Tennisschläger, Bücher, Haare, Schuhe, Gartenhandschuhe und die Striegel für die Pferde. Manchmal, ich kann es nicht bestreiten, bekomme ich richtige Wutanfälle: »Ist es denn zu fassen, dass in diesem Haus überhaupt niemand ordentlich ist?!« Aber es ist so, Gleich und Gleich gesellt sich eben gern und vielleicht ist es besser so, weil das Zusammenleben eines Ordentlichen mit einem Unordentlichen vermutlich die Hölle ist.

Der Sommer hinterlässt Erschöpfung in den Häusern und in den Dingen und hat die Menschen müde gemacht. Es gab so viele Treffen, so viele Geschichten, so viele Mittagessen, so viele Abendessen, so viele Picknicks. Man hat so viel Zeit mit anderen verbracht, um zu plaudern, zu lachen und über tiefsinnige Themen zu reden. Aber nach den Sommerferien erwacht in mir ein Durst nach Stille. Ich wünsche mir gedämpftes Licht, frische Luft, ruhige Tage, ein Telefon, das nicht klingelt, lange Stunden zum Studieren und Spaziergänge mit dem Hund im Wald. Anfang September fahre ich normalerweise für kurze Zeit in die Berge, und wenn ich zurückkomme, fange ich an, das Haus für den Winter vorzubereiten. Die warme Garderobe wird hervorgeholt, ich sortiere die alten Zeitungen aus und räume die Schubladen auf.

Bei eben diesen Arbeiten habe ich heute das Geschenk gefunden, das Shen Mei mir vor ihrer Heimreise gegeben hat. Habe ich dir einmal von ihr erzählt? Als Shen Mei noch in Rom lebte, war sie meine Lehrerin in chinesischer Kalligraphie und wir sind in kurzer Zeit gute Freundinnen geworden. In jenem Jahr, als sie ihre Italienreise machte, verbrachte sie auch ein paar Tage hier auf dem Land. Bevor sie abfuhr, zeichnete sie ein großes chinesisches Schriftzeichen und schenkte es mir. »Was bedeutet das?«, habe ich sie gefragt. »Kannst du dir das nicht vorstellen? Es bedeutet ›Adel‹ …«

Adel! Mit diesem Wort hatte unsere Freundschaft begonnen!

Ich glaube, wir haben schon bei unserem zweiten Treffen darüber gesprochen. Am Tag zuvor hatte Shen Mei eine unschöne Diskussion mit einem Freund gehabt. »Warum wirst du kein Mensch von Adel?«, hatte sie ihn gefragt. »Ein Mensch von Adel?«, hatte er ihr abfällig geantwortet. »Wozu denn das? Wir leben doch in keiner Märchenwelt!«

Als sie mir diese Geschichte erzählte, machte mein Herz einen kleinen Sprung. Diesen Begriff – Adel –, den ich seit so vielen Jahren in mir trage, sprach endlich jemand aus, ohne ihn der Lächerlichkeit preiszugeben und ohne jegliche Arroganz – vielmehr mit Staunen, Zuneigung und der Sicherheit, dass er ein Lebensprogramm sein kann und soll.
In unserer Gegend, so hatte ich ihr erklärt, hat Adel eine sehr konkrete Bedeutung, nämlich Stammbäume, Familienwappen und den Adelstitel bei Familiennamen. Die anderen Aspekte, die sich auf den menschlichen Charakter beziehen, sind heute unbekannt.
In einer Gesellschaft, in der der Materialismus als einziger Herrscher anerkannt wird, ist Adel einzig eine Frage der Blutsverwandtschaft. Der andere Adel, der Adel der Seele und des Geistes, also der Edelmut, der für alle verfügbar ist, ist aus unserem Horizont verschwunden. Auch die Kirche traut sich nicht mehr, über den edelmütigen Menschen zu reden, obgleich im Alten und Neuen Testament der edelmütige Mensch relativ häufig vorkommt. Er reitet kein weißes Pferd und es folgen ihm auch keine Burgfräulein, er ist einfach ein Mensch, der sein Herz der Weisheit geöffnet und sein Ego und seine Wünsche, seinen Lebensplan und seinen Willen hinter sich gelassen hat. Er ist kein Mensch, der handelt, sondern einer, der zulässt, dass etwas geschieht. Einer, der vergibt statt beschuldigt. Einer, der nicht rafft, sondern schenkt.
Der Seelenadel lässt Ratlosigkeit zurück und das ist seine große, unbeabsichtigte Aufgabe: Hefe und Samen zugleich zu sein. Zu zerbrechen, was bekannt ist, bewusst zu machen, was unbekannt ist.

Körper und Seele

17. Oktober

Endlich sind die Temperaturen gesunken und ich konnte den Ofen anzünden. Von allen Jahreszeiten ist mir der Herbst die liebste. Wenn er kommt, spüre ich immer eine stille Freude. Ich habe mich sehr oft gefragt, warum ich diese Vorliebe habe. Weil ich im Norden aufgewachsen bin oder weil ich in dieser Jahreszeit geboren wurde? Vielleicht ist es genau so. Man ist geneigt, die Jahreszeit zu bevorzugen, in der man zur Welt gekommen ist. Wenn die Luft, das Licht, das Wasser und der Mond das Wachstum der Pflanzen beeinflussen, warum können sie dann nicht auch unser tiefstes Wesen beeinflussen? Unsere abendländische Kultur schreckt vor solchen Hypothesen zurück, aber andere Kulturen, wie zum Beispiel die chinesische, sind ganz auf diesen Faktoren aufgebaut.

Du erzählst mir von deiner beängstigenden Schlaflosigkeit, die kurz nach dem Tod deines Vaters eingesetzt hat. *Komischerweise,* hast du mir geschrieben, *habe ich fast einen Monat lang wie ein Stein geschlafen. Dann, von einem Tag auf den anderen, konnte ich kein Auge mehr zutun. Tagsüber fühle ich mich müde, erschöpft und die schlechte Laune, die ich ohnehin bereits habe, wächst ins Unendliche.* Wer könnte dich besser verstehen als ich! Die Schlaflosigkeit war eine der ersten Gefährtinnen meines Lebens. Schon im Kindergartenalter konnte ich nicht mehr schlafen. Es war eben diese Schlaflosigkeit, die mich die Akupunktur entdecken ließ. Das war vor gut 26 Jahren. Der Arzt, der mir empfohlen wurde, wohnte auf dem Land, in einem Häuschen, das von Blumen umgeben war. Er war kein Heiliger und kein Hexer, sondern der Arzt in einem Dorf bei mir in der Nähe. Ich erinnere mich, dass er sehr alt war und sein Zimmer in einem angenehmen Halbdunkel lag. Ich blieb 20 Minuten ausgestreckt mit Nadeln im Körper liegen. Als ich wegging, war ich überzeugt, dass es gar nichts genützt hatte. Zwei Stunden später – ich war mit einer Freundin in einem Eiscafé – begann ich zu gähnen wie noch nie in meinem Leben und schlief fast schon dort am Tisch ein.

Der Osten schenkt uns eine große Weisheit, weil er den Menschen als Ganzes behandelt, auf der Basis der zarten und starken Energien, die ihn mit Himmel und Erde verbinden, mit dem Universum, mit dem er erschaffen wurde. Trotz dieses Reichtums ist dies eine Welt, die bei vielen Menschen Misstrauen, wenn nicht gar Angst auslöst. Wie oft habe ich gehört: »Bist du sicher, dass es keine Suggestion war? Wie kann man solche Praktiken mit dem Glauben verbinden? Kurz, ein gläubiger Mensch sollte doch nicht …« Jedes Mal, wenn ich diese Worte höre, fühle ich mich irgendwie unwohl. Was haben solche Ängste für einen Sinn?

Viele Menschen glauben, dass das Leben aus vielen Bereichen besteht, die nichts miteinander zu tun haben. Es gibt Dinge, die nur zu bestimmten Personen passen. Es gibt Dinge, die richtig sind, und solche, die man lächerlich machen muss, ohne verstanden zu haben, dass ein solches Verhalten das Leben einengt und auf eine einzige Dimension fixiert. Aber der Mensch ist ein Ganzes, seine Natur ist gleichzeitig sowohl außerordentlich universell als auch außerordentlich individuell. Der Heilige Geist wirkt nicht nur für die Katholiken und die Christen. Der Geist wirkt in der Schöpfung, indem er den Samen seiner Weisheit unablässig ausstreut. Alles, was dem Menschen hilft, besser zu werden, kommt aus ihm. Alles, was uns stärker, weiser und gesünder macht, ist seine Gabe. Wer sich dem Geist hingibt, kann das Gefühl der Angst nicht kennen, läuft vor nichts weg, verschließt nicht die Augen, wendet sich nicht ab. Für ihn hat alles einen Sinn, auch wenn es auf den ersten Eindruck überhaupt nicht zu akzeptieren ist.

Ich persönlich mache seit vielen Jahren Yoga und lasse mich mit Akupunktur und Homöopathie behandeln. All das hat mich weder verwirrt noch in irgendein »spirituelles Paradies« gebracht, sondern zu einer außerordentlich klaren Sicht, zu Energie und einem körperlich-seelischen Gleichgewicht geführt, das mir erlaubt, alle Beschäftigungen mit Gelassenheit zu erledigen. Arbeiten an der verborgensten Seite des Körpers bedeutet, dass man sich mit seiner innersten Spiritualität in Verbindung setzt. Mit der Spiritualität, die nicht vom Kopf ausgeht und ins Herz hinabsteigt, sondern in dem geheimnisvollen Punkt unter dem Bauchnabel entsteht, den die Japaner *Hara* nennen.

Nach den orientalischen Praktiken ist dies der Punkt, an dem unsere Zellen anfingen, sich zu vervielfältigen, um den Menschen zu formen, der wir dann geworden sind. Kurz: Dieser kleine Punkt ist unser Ursprung. In diesen Ursprung müssen wir uns hineinversetzen, wenn wir unseren Geist und Körper auf eine größere Dimension hin öffnen wollen. Wie viele unechte Probleme, wie viele Neurosen, wie viele überflüssige Fragen würden verschwinden, wenn die Menschen gewohnt wären, den Heiligen Geist durch ihren Körper sprechen zu lassen.

Die Liebe braucht Kraft

24. Oktober

Auch wenn ich seit vielen Jahren nicht mehr im Schulalter bin, habe ich trotzdem immer noch das Gefühl, dass das neue Jahr nicht im Januar, sondern im Oktober beginnt. Als ich ein Kind war, fing der Unterricht nicht wie jetzt im September, sondern genau am 1. Oktober an. Ich erinnere mich noch gut, wie aufgeregt ich war, als ich meine erste Schulfibel bekam. Ich blätterte vorsichtig von Seite zu Seite, um sie ja nicht zu beschädigen, und erkundete die zahllosen bunten Bilder: von den Patriziergeschlechtern der Horatier und Curiatier, von Cornelia, der Mutter der Gracchen, von den Grajischen, Cottischen und Penninischen Alpen … Wie viel gab es in diesem Buch zu lernen!

Ich hatte immer ganz viele Fragen in meinem Kopf und hoffte, dass die Schule mir helfen würde, die Antworten darauf zu finden. Aber nach dem sehnsüchtigen Glücksgefühl der ersten Tage folgte nur noch Enttäuschung. Die Schule war kein Ort der Erkenntnis, sondern ein Ort der Langeweile und des Schreckens. Man durfte dort nur ganz wenige und vollkommen uninteressante Dinge lernen. Wie viel Kuchen bleibt übrig, wenn ich vier Fünftel davon esse? Wozu war das wichtig? Warum musste ich so etwas Kompliziertes lernen, wenn es doch nur um eine einfache Zwischenmahlzeit ging? Wenn jemand zu mir gesagt hätte: »Iss sechs Achtel von dem Kuchen«, hätte ich einfach geantwortet: »Ich habe keinen Hunger, danke …«

Wenn heute ein Kind Lernschwierigkeiten hat, befragt man als Erstes Eltern und Psychologen, man macht Tests und untersucht, ob etwa eine »Allergie« vorliegt. Zu meiner Zeit war das nicht so. Nicht wissen, nicht wollen und nicht antworten können führte zu Schikanen, die eine sensible Seele nur schwer ertragen konnte.

Was hat sich in den letzten 30 Jahren im Bereich der Erziehung nicht alles geändert! Von einem Tier, das dressiert werden sollte, ist das Kind zu einem Wesen geworden, dem man – zumindest vordergründig – so viel Respekt bezeugt, dass es oft an Schmeichelei grenzt. Alles muss es bekommen, der ganze Tag dreht sich nur darum, seine Wünsche zu befriedigen. Zwischen dem Wunsch und seiner Erfüllung darf nur eine ganz kurze Zeit liegen. Jeder seiner Fehler ist lediglich ein scheinbarer Fehler, in Wirklichkeit jedoch der Ausdruck verborgener Leiden, die wir nur nicht verstanden haben. Selbst das kleinste Defizit eines Kindes ist in Wirklichkeit unserer Schuld zuzuschreiben oder, besser gesagt, unserem Schuldgefühl.

Die Kinder zu respektieren ist ein großer Schritt nach vorne in der Heilsdimension der Geschichte. Aber der Respekt muss wirklicher Respekt sein. Wenn er authentisch sein soll, muss er die Identität und die Unterschiede, die wir schützen wollen, berücksichtigen. Sobald zu viele Zutaten in die Suppe hineingeworfen werden, ist etwas falsch gelaufen.

Nicht einzugreifen und nur bedingungslos zu dienen, die Ursachen von Fehlern stets äußeren Faktoren zuzuschreiben und das Individuum immer und überall über die Gemeinschaft zu stellen bedeutet keine pädagogische Revolution, sondern ein Abrutschen in den Schlamm pädagogischer Trägheit.

»Die Liebe braucht Kraft.« In deinem ersten Brief – ich kannte dich damals noch nicht persönlich – hast du diesen Satz aus *Geh, wohin dein Herz dich trägt* zitiert, als einen Satz, der dich sehr zum Nachdenken gebracht habe. Ich erzählte dir daraufhin, dass eine Person, die das Manuskript gelesen hatte, an diesem Satz so großen Anstoß nahm, dass sie vorschlug, ihn vor Drucklegung des Buches herauszunehmen. »Es ist ein faschistischer Satz, den kannst du nicht stehen lassen.« »Ich verstehe das nicht«, hast du mir geantwortet. »Ich verstehe nicht, was die Liebe mit Faschismus zu tun hat.«

Überhaupt nichts in Wahrheit. Aber sie hat viel mit den geistesgeschichtlichen Konfusionen zu tun, die seit den 70er-Jahren geschaffen wurden. In dieser Zeit entstand die große und stumpfsinnige Scheidelinie zwischen dem, was gut ist, und dem, was nicht gut ist. Die »Kraft« ist negativ, weil sie zum geistesgeschichtlichen Hintergrund der Rechten gehört, so, wie der Adel als Symbol eines Privilegs zu verachten ist.

Fast 30 Jahre sind vergangen, aber trotzdem sind diese Klischees in den Köpfen vieler Menschen noch immer fest verankert. Beim Bereinigen des Wortschatzes hat man es geschafft, das tiefste Wesen des Menschen in die Verbannung zu schicken. Mit einem bemerkenswerten Hang zur Selbstverstümmelung haben wir uns unseres

Innersten entledigt und uns selbst eingeschränkt. Diese Leere und Beschränktheit haben wir als den bestmöglichen Zustand verherrlicht. Ein Wahnsinn, nicht wahr? Und doch nimmt man es hin, als sei es die weiseste und normalste Sache der Welt.

Angst vor der Stille

31. OKTOBER

Heute Morgen, als ich zum Ziegenfüttern ging, bin ich an dem alten Kastanienbaum vorbeigekommen. Sein Stamm ist schon ausgehöhlt und an mehreren Stellen rissig, viele Zweige sind völlig kahl. Ich weiß nicht, wie alt er ist, ich schätze 100 Jahre oder vielleicht sogar älter. Es ist nicht sein Alter, das ihn so zugerichtet hat, sondern es ist die Krankheit, die alle Kastanienbäume im Apennin befallen hat. Vor einigen Jahren habe ich gehört, dass man den Ursprung dieser Krankheit in den Munitionskisten suchen muss, die die Alliierten im letzten Krieg mitbrachten. Sie waren aus Kastanienholz und dieses Holz war krank, so dass sich die Krankheit hier ausgebreitet hat. Stimmt das? Was ich sicher weiß, ist, dass mein Baum, wie alle anderen hier im Umkreis auch, nur noch halb am Leben ist, vielleicht weniger als das. Eines Tages, und dieser Tag ist nicht mehr fern, werde ich ihn fällen müssen. Aber bis dahin ist der Teil des Baumes, der noch lebt, vollkommen am Leben, bringt viele und gesunde Blätter hervor und ist Anfang August übersät von kleinen runden Kugeln, die jetzt zu Kastanien geworden sind.
Zusammen mit der Eiche gehört die Kastanie zu meinen Lieblingsbäumen. So, wie die Eiche streng wirkt, wirkt die Kastanie freund-

lich und vertraut. Wie alt sie auch ist, sie wirft die unteren Äste nicht ab und in der heißen Augustluft bietet sie eine grüne und erfrischende Kuppel, unter der man Erholung finden kann.

In den letzten Jahren haben mich viele Menschen, die zu Besuch kamen, gefragt: »Ist dein Leben hier nicht langweilig?«

Die Langeweile zusammen mit dem Schreckbild der Freizeit sind die fixe Idee unserer Zeit. Wer dafür einen Beweis sucht, braucht nur ein beliebiges Hotel in einem beliebigen Urlaubsort zu buchen. Gleich ob in den Bergen oder am Meer, ob im Süden oder im Norden, ob fünf oder drei Sterne, überall ist man gezwungen, die Geißel der Animation zu ertragen. Diskothek, Aerobic, dumme Quizfragen, infantile Spiele; wer sich in Ruhe erholen will, der hat keinen Augenblick Frieden. Wer es sich erlauben kann, stürzt sich im April, Mai oder Oktober an den Strand, wenn die Animateure sich in ihren eigenen Schlupflöchern erholen. Dem Rest bleibt nichts anderes übrig, als es zu ertragen.

90 Prozent der Menschen, die ich in den letzten Jahren in den Urlaubsorten getroffen habe, haben mir gestanden, dass sie überhaupt kein Bedürfnis nach Animation haben, sondern dass sie sie eben über sich ergehen lassen wie eine unvermeidliche Strafe. Umgekehrt kenne ich einen kleinen Campingplatz, einen von vier oder fünf in Italien, die diese barbarische Gewohnheit nicht haben und auf dem man seinen Platz mindestens ein Jahr im Voraus buchen muss!

Einer der ersten »Theoretiker« der Langeweile, weit vor der Zeit der Handys, Computer und Animation, ist Teilhard de Chardin gewesen. Seiner Meinung nach sei der große Moloch, mit dem der moderne Mensch des Abendlands konfrontiert ist, eben die Langeweile.

Nachdem die primären, sekundären und tertiären Bedürfnisse des Lebens gesättigt sind, bleibt keine Spannung mehr. Alles hat man gesehen, alles erfahren und alles ausprobiert. Warum soll man sich noch bewegen? Warum soll man nach neuen Anregungen suchen, wenn der ganze Erfahrungshorizont schon gesättigt ist?
Um die Taubheit der Erstarrung zu durchbrechen, muss man folglich nach noch stärkeren Reizen und noch bewegenderen Emotionen Ausschau halten. Aber auch diese Eruptionen sind letztlich nichts anderes als Steine, die man in einen Teich wirft. Es gibt einen Platsch, das Wasser bildet Wellen, die Kreise werden immer weiter, immer schwächer und am Ende ist die Oberfläche wieder ganz glatt und unbewegt. Ganz anders ist es, wenn man einen Stein in einen Bach wirft. Das Wasser fließt ungestüm und fröhlich springend und spritzend dahin. Kaum kann man den Punkt ausmachen, wo der Stein hineingefallen ist.
Das Gegengift gegen die Langeweile ist die Neugier. Ein offener Geist ist immer in Bewegung. Wer dem Weg der Erkenntnis folgt, begegnet der Langeweile nie. Die Langeweile ist das Gepäck, das der mit sich herumträgt, der mit Oberflächlichkeiten und Äußerlichkeiten zufrieden ist. Sie begleitet den, der meint, leben bedeute im Parkett eines Theaters zu sitzen und eine Show anzusehen, ohne sich auch nur die Mühe zu machen, die Hände zum Klatschen zu erheben. Die Langeweile tötet nicht, aber sie vergiftet subtil, macht die Menschen unruhig und zu Opfern einer Bewegung, die zu keinem Ziel führt. So wird man zu einem Nachtfalter, der jedem Licht entgegenfliegt, als ob es die Sonne sei. Er tanzt darum herum, bis er stirbt, verbrannt oder erschöpft.

Die Beziehung zu den Verstorbenen

7. NOVEMBER

Du hast mir geschrieben, als du von dem Streit mit deiner Mutter noch ganz erschüttert warst. Ihr seid beide ruhige Charaktere und es daher auch nicht gewohnt, so heftig aneinander zu geraten. Und außerdem hat der Streit zu nichts geführt. Sie hat gemacht, was sie wollte, und du hast nicht gemacht, was sie wollte, dass du tust. Was für ein Wortspiel, um zu sagen, dass sie auf den Friedhof gegangen ist und du nicht. Ihrem: »Alle gehen an Allerseelen auf den Friedhof!« hast du ein zorniges: »Und was tun sie da?« entgegengehalten.

Seit seiner Beerdigung hast du deinen Vater nie besucht. »Er bedeutet dir nichts mehr!«, hat deine Mutter dich angefahren. Und du bist, statt zu antworten, was du in deinem Herzen fühlst – »Er bedeutet mir zu viel!« –, weggegangen und hast die Tür hinter dir zugeworfen. Und jetzt hast du natürlich Schuldgefühle.

Allerseelen ruft, wie das alle offiziellen Gedenktage ein wenig tun, oft kleine Rebellionen hervor und lässt Geschwüre, die schon eine Weile schwären, an die Oberfläche kommen. »Man muss es tun.« Aber für wen muss man es tun? Warum? Menschenmassen, die auf den Friedhof gehen und dabei riesige Verkehrsstaus verursa-

chen, die Blumengeschäfte, die gestürmt werden, die Preise, die ins Unermessliche steigen, die Friedhofswege, die wie Einkaufszentren am Samstagnachmittag anmuten. Dann ist das Fest vorbei, die Blumen verwelken in den Vasen, senken ihre bunten Blütenkronen und erfüllen die Luft mit einem unangenehm süßlichen Geruch. Nach einiger Zeit entsorgt sie eine mitleidige oder bezahlte Hand und die Vasen bleiben wie geöffnete, zahnlose Münder leer zurück; im besten Fall wippen einige Plastikblumen mit starrem Stiel und Blättern, die unter der jahrelangen Sonne verblichen sind, darin herum.
Ist es das, was dich abschreckt – oder irre ich mich? Eine Art Wegwerfmentalität des Gedächtnisses, eine soziale Verpflichtung, die man an einem festgelegten Tag absolvieren muss, um sich den Rest des Jahres davon zu erholen. Das genügt dir nicht und zu Recht erwartest du in deinem Leben Wahrhaftigkeit und Konsequenz, nicht Schwäche und unkritische Anpassung. Ich habe auch nie die Verpflichtung ertragen, etwas feiern zu müssen, ganz egal, was es war.
Vor einer Woche erhielt ich einen Brief von meinem Freund Mauro, der in den Bergen lebt. Innerhalb weniger Monate hat er aus verschiedenen Gründen Mutter und Schwester verloren und erst jetzt, nach einer Periode schwerer Depressionen, ist er langsam auf dem Weg der Besserung. *Erinnerst du dich,* schrieb er mir, *als wir uns in der Schule bei den Sepolcri von Foscolo zu Tode gelangweilt haben? Wir konnten nicht verstehen, wie man Gräbern ein Gedicht widmen kann. Jetzt verstehe ich es. Sobald ich aus der Arbeit komme, laufe ich zum Friedhof. Im Augenblick verbringe ich dort die ruhigsten Momente des Tages.*

Die Beziehung zu den Verstorbenen braucht Zeit, um zu wachsen. Wenn man 20 ist, ist man rebellisch, man will noch nicht sehen. Das ist verständlich, man hat sein eigenes Leben noch nicht organisiert, man kann sich nicht vorstellen, dass es einmal zu Ende geht, ebenso wenig wie das geliebter Menschen. Mit 45 wird einem dieser Gedanke sehr viel vertrauter. Nachdem mein Vater gestorben war, habe ich ihn ein Jahr lang fast jeden Tag besucht. Ich bin hingegangen und habe das Gespräch, das so abrupt unterbrochen wurde, weitergeführt.

Es braucht seine Zeit, das stimmt, aber es genügt nicht, dass die Tage einfach so vorbeigehen, wenn nicht ein spiritueller Fortschritt damit verbunden ist. Erwachsen werden bedeutet, die Idee des Todes in sich aufzunehmen. Dies ist der einzige Weg, um jeden Augenblick seines eigenen Daseins in vollem Umfang zu leben. Erschrecken dich die Friedhöfe mit ihren traurigen und bedrohlichen Statuen, mit ihren düsteren und finsteren Steinen? Ich mag sie auch nicht, in ihrem Grau, in ihrer Verzweiflung sehe ich kein Zeichen des Glaubens an den Auferstandenen.

Wenn du an deinen Vater denken willst, denke in der Stille deines Zimmers an ihn, mit einem Bild, einer Blume, einer Kerze. Auch wenn du, wie du sagst, keinen Glauben hast, bin ich mir sicher, dass du doch an die Liebe deines Vaters glaubst, die es dir erlaubt hat, auf die Welt zu kommen.

Der spirituelle Vater

14. November

Gestern grub ich einige Löcher in die Erde, um neue Obstbäume zu pflanzen. Obwohl mein Obstgarten ungefähr 20 Bäume hat, bin ich immer noch daran interessiert, neue Sorten anzubauen. Vor Jahren versuchte ich, Susinen aus dem Karstgebiet zu pflanzen, die man in Umbrien nicht kennt. Meine Mutter brachte mir zwei Pflanzen mit, doch hatten sie die lange Reise mit dem Auto nicht überstanden, so dass sie nicht anwuchsen. Jetzt habe ich eine neue, die zu meiner großen Überraschung Wurzeln geschlagen hat. Ich fürchte aber, dass sie keine Früchte tragen wird, da ihr der Partner für die Befruchtung fehlt. Ich weiß nicht, wie diese Sorte Pflaumen heißt, aber ihr Geschmack erinnert mich ganz intensiv an meine Kindheit.

Vor einiger Zeit sprach ich mit einem befreundeten Arzt, der aus Schanghai stammt, über den Diätenwahnsinn, der die westlichen Länder erobert hat. An die Stelle von Glaubensregeln traten Diäten als einzige Religion. Eine tyrannische, obsessive, unsoziale Religion, deren »Gelobtes Land« das Glück einer perfekten Gesundheit ist. »Sind sie nicht furchtbar«, fragte ich ihn, »die ›hingebungsvollen‹ Diäten, bei denen man von einem Tag auf den anderen Dinge isst, von deren Existenz man bis dahin noch nicht einmal etwas geahnt hat, während man auf Speisen verzichtet, die einem immer köstlich geschmeckt haben?«

»Furchtbar?«, antwortete er. »Sie sind entsetzlich. Das gute Essen, das uns Wohlbefinden schenkt, ist das Essen, das wir als Kind bekommen haben und das uns hat wachsen lassen. Dank seines Erinnerungsvermögens sucht der Körper immer nach diesen Geschmacksempfindungen.«

Das ist also der Grund für meine krampfhafte Suche nach Pflaumen! Trotzdem werden die neuen Bäume keine Susinen sein, sondern Äpfel, Birnen und Pfirsiche, die aus dieser Region, den Bergen Mittelitaliens, stammen, weil neben dem individuellen Gedächtnis auch ein »historisches« Gedächtnis existiert, das man bewahren sollte.

Einmal hast du zu mir gesagt, dass du an mir die Fähigkeit bewunderst, Sorge für die Dinge zu tragen, und das mit großer Ausdauer. In der Tat kann man ohne Beharrlichkeit und Hingabe kein Ziel erreichen, auf überhaupt keinem Gebiet. Ohne das kann man keine Sprache lernen, keinen Obstgarten pflanzen, keine Freundschaft pflegen und kein Haus bauen. Doch Beharrlichkeit und Aufmerksamkeit sind nicht angeboren, sondern ein Weg, den man zu durchlaufen lernt.

Als ich so jung war wie du, besaß ich nur wenig Ausdauer und erledigte die Dinge sehr unordentlich – genau wie du jetzt. Um beharrlich zu sein, muss man seine eigene Mitte anpeilen lernen. Die eigene Stabilität ist die grundlegende Voraussetzung, um den Blick auf die Dinge in seiner Umgebung zu richten. Aber wie lässt sich diese Stabilität erreichen?

Du weißt nicht, wie viele Menschen mir diese Frage gestellt haben, seitdem ich *Geh, wohin dein Herz dich trägt* geschrieben habe! Selbstverständlich gibt es keine Regel und keinen vorgegebenen Weg, denn jeder Mensch lebt aus dem Reichtum seiner Unterschiede zu anderen. Was positiv ist für den einen, kann für den anderen ausgesprochen negativ sein. Viele sind davon überzeugt, dass sie in ihrem Inneren ein unbekanntes dunkles »Etwas« tragen, weshalb sie sich dem Wissen der Psychologen anvertrauen. Doch ist dieser »geheimnisvolle Feind« in Wahrheit oft nur jene gesunde existenzielle Unruhe, über die wir bereits gesprochen haben. Tatsächlich kann das Hinzufügen von Theorien, Komplexen und Traumata die Situation noch verschlimmern.

Ich persönlich bin der Meinung, dass es – außer bei besonders schwer wiegenden psychischen Problemen – besser wäre, sich an eine spirituelle Leitfigur, sei sie nun männlich oder weiblich, zu wenden. Wahrscheinlich hast du nie von diesen Personen gehört, da es sie fast nicht mehr gibt. Sie sind keine Gurus und keine Therapeuten, sondern nur Menschen, die in demutsvoller Arbeit auf dem Weg der Weisheit voranschreiten und bereit sind, all die zu begleiten, die ebenfalls diesen Weg gehen wollen. Sie tun es weder für Geld noch um berühmt zu werden; auch liegt ihnen nichts daran, eine bestimmte Gruppe zu fördern. Der einzige Grund ihres Handelns ist, ihre Mitmenschen im Licht der Weisheit wachsen zu sehen und sich gegenüber dem Wirken des Heiligen Geistes fügsam zu erweisen.

Ihre Arbeit unterscheidet sich kaum von dem, was ich jeden Tag in meinem Obstgarten tue. Ich gehe durch die Reihen und schaue mich geduldig um: Hier gibt es zu viel Stickstoff, dort fehlt Eisen und vielleicht hat sich in diesem Baumspalt ein Weidenbohrer eingenistet. Ich registriere Unregelmäßigkeiten und korrigiere sie, wobei ich immer achtsam darauf bedacht bin, die Pflanze in Harmonie mit ihrer Umgebung zu bringen. Wenn es einem Baum, den ich mit großer Sorgfalt umhege, gelingt, seine Fülle zu erreichen, warum sollte ein Mensch diese Fülle nicht erreichen können?

Akzeptiere die Vergänglichkeit

21. NOVEMBER

Vor drei Wochen habe ich ein paar Tage in einem kleinen Dorf in den Bergen verbracht. Auch wenn ich mit den Jahren gelernt habe, das Meer zu schätzen, bleibe ich immer ein Kind der Berge. Ihre Landschaft stimmt mit meiner inneren Landschaft überein. Mich belebt vor allem die massive Präsenz des Grüns in seinen vielfältigen Farbnuancen, die ganz anders sind als die, die wir im Tal kennen.

Ich genieße es, in der Stille laufen zu können und die tausend Lebenszeichen eines Waldes zu beobachten, die zwischen den Kiefern versteckten Haselnusssträucher, die Spatzen, Meisen und den plötzlichen Abflug eines Spechts, der durch die Luft schießt, oder den gelben Bauch der kleinen Kröten in der Wasserpfütze. Ich mag es überhaupt lieber, in der Höhe zu wandern, wo die Alpendohlen fliegen und die Murmeltiere pfeifen. Dort oben wachsen die von Moos umgebenen Blumen ganz niedrig und dicht gedrängt, um sich vor dem Wind und der Kälte zu schützen.

Als ich noch jünger war, nahm ich eines Tages mein Zelt und machte eine Höhenwanderung über mehrere Tage. Heute muss ich mit weniger heldenhaften Taten zufrieden sein.

Schmunzelst du, wenn ich sage: »Als ich noch jünger war«? Ich glaube ja, weil ich mich im Grunde, auch wenn ich ungefähr 20 Jahre älter bin als du, nicht sehr viel anders verhalte. Ich ziehe Jeans und Turnschuhe an, ich fahre mit dem Mofa und dem Fahrrad ganz genau wie du. Trotzdem gibt es viele Dinge, die ich in den letzten Jahren, ich will nicht sagen nicht mehr, aber doch allmählich auf andere Weise tue.

Im Laufe der Zeit verschwinden die Energien nicht, aber sie ändern sich und nehmen insgesamt ein wenig ab, wodurch man sie natürlich bewusster einsetzen muss. Ich kann nicht mehr mit einem monströsen Rucksack auf den Schultern zehn Stunden am Stück wandern und dabei 1000 Höhenmeter überwinden. Ich kann höchstens noch vier oder fünf Stunden laufen mit der stillen Ruhe eines Menschen, der die Landschaft genießt. Ich habe gesagt: »Ich kann nicht«, aber das stimmt eigentlich nicht. Ich könnte es natürlich, aber das hieße, meinem Körper große Gewalt anzutun.

Nach den Klassikern des Taoismus wendet man sich, wenn man ungefähr 40 Jahre alt ist, von der Welt ab und fängt damit an, sich zu mäßigen und sich von der Leidenschaft zurückzuziehen.

In unserer Gesellschaft hingegen, die so narzisstisch ist und dem Gedanken an den Tod mit solchem Schrecken gegenübersteht, zieht man sich nie von der Welt zurück, weil die Jugend der einzig akzeptierte Zustand ist. Die Seele existiert nicht mehr und dadurch, dass sie vergessen wurde, hat sie auch die Fähigkeit mit sich genommen, Fragen zu stellen.

Man ist nicht mehr in der Lage, auf das Reifen des eigenen Körpers zu hören, so dass man in einer ewigen und widernatürlichen Gegenwart lebt und einem Selbstbild folgt, das dem Hochglanzbild der Illustrierten entspricht. Man muss so effizient wie nur möglich sein, schlank, dynamisch und faltenlos. Falls sich aber eine Krankheit oder, noch schlimmer, der Tod einstellt, fühlt man sich betrogen. Wieso ausgerechnet jetzt, wo doch gerade der Zaubertrank für die ewige Jugend erfunden werden soll!

Der heutige Mensch – der westliche Mensch –, satt und weit entfernt vom Geheimnisvollen, scheint ein Wesen ohne Gedächtnis zu sein. Sein Leben ist wie ein leerer Einkaufswagen, den er zerstreut an den Regalen eines Supermarkts entlangfährt. Da er sich kaum noch erinnern kann, weiß er auch nicht, was er auswählen soll, und füllt deshalb den Wagen mit allem, was sich gerade bietet. Erst wenn er an die Kasse kommt und alles auf dem Band liegt, versteht er, dass er nutzlose Dinge eingekauft hat. Kein Brot. Keinen Wein. Aber Deo mit Mangogeruch für die Schuhe.

Der Baum-Führer

28. November

Du bist nie in das alte Haus auf der Hügelkuppe gekommen, in dem ich vorher gewohnt habe, so dass du den Schmerz über die gefällte Eiche vor meinem Fenster nicht verstehen kannst. Als ich *Geh, wohin dein Herz dich trägt* schrieb, blickte ich auf ihre Blätter. Bei starkem Wind berührten sie fast das Fenster. Im Sommer spendete sie Schatten, im Winter sah ich, wie die Meisen und die Spechte auf ihrem Stamm herumturnten. Viele Metaphern des Buches wurden durch sie angeregt. Die der befallenen Pflanze zum Beispiel und selbstverständlich die letzte, die des Baumes, der zum richtigen Zeitpunkt Schatten und Schutz bietet. Leider war die Eiche zu groß geworden und der Ort, wo sie wuchs, am Rand des Hügels, machte sie gefährlich. Also kam eines Morgens eine elektrische Säge und machte sie zu einem Berg von Holz, gut für den Kamin.

Vor einiger Zeit besuchte mich eine Freundin, die ich seit vielen Jahre nicht mehr gesehen hatte. Wir verbrachten einen Nachmittag zusammen, um uns zu erzählen, was wir alles erlebt hatten. In der Dämmerung aber fing sie an, sich unruhig umzuschauen.

»Brauchst du etwas?«, fragte ich sie.

»Weißt du zufällig, ob es hier in der Nähe einen Haselnussstrauch gibt?«
»Es gibt einen, am Rand des Waldes«, sagte ich, »aber die Zeit für Nüsse ist vorbei.«
»Oh, mach dir keine Sorgen«, antwortete sie mit einem mir unverständlichen, aber wissenden Lächeln. Sie stand auf und verschwand. Als sie zum Abendessen noch nicht zurück war, trat ich ans Fenster, um nach unten zu spähen. Und da sah ich sie. Sie saß vor dem Haselnussstrauch, in der Hand hatte sie ein paar brennende Räucherstäbchen, wiegte sich hin und her und sang irgendetwas Unverständliches.
Später am Tisch erzählte sie mir mit seltsam leuchtenden Augen: »Weißt du nicht, dass jeder von uns einen Baum-Führer hat?«
»Wirklich? Und was macht der Baum?«
»Als Erstes musst du verstehen, wer dein Baum-Führer ist. Meiner ist der Haselnussstrauch, aber du könntest einen anderen haben. Zum Beispiel den Weißdorn. Dein Schamane wird ihn dir zeigen. Wenn du weißt, wer dein Baum ist, musst du dich in Einklang mit ihm bringen. Erkennen, dass er dein Meister ist. In seine Aura eintreten und dann …«
»Dann?«
»Dann wird dich der Baum zur Erleuchtung bringen, zum Frieden.«
Ich weiß nicht, ob du als Kind einmal am Strand warst und Löcher in den Sand gegraben hast. Man fängt mit Begeisterung an zu graben, man versucht, in die Tiefe zu dringen, aber wie viel Sand man auch aus dem Loch herausgeholt hat, es bleibt wegen des Eindringens

des Wassers immer gleich. Man gräbt und gräbt, doch wie Sisyphus bleibt man immer an demselben Punkt. Die Natur liebt die Leere nicht. Sobald Leere entsteht, füllt sie sie auf. Sie füllt sie mit Sand, mit Blättern, mit Mikroorganismen, mit Wasser, mit Schutt, weil die Leere nicht zu ihrem Konzept gehört.

Der Mensch hat sich in den letzten drei Jahrhunderten alle Mühe gegeben, den Himmel von seinem Schöpfer zu befreien und wie das Kind am Strand war er für einige Augenblicke der Überzeugung, dass es ihm gelungen sei. Der Himmel ist leer, der Mensch ist endlich frei. Frei von Vorurteilen, frei von ererbten Ängsten und frei von Sklaverei. Ist es wirklich so? Oder ist der leere Himmel plötzlich angefüllt mit anderen Dingen? Bewohnern der Venus, Bewohnern des Mars, Baum- und Tier-Führern, Mineralien und Zaubersprüchen?

Ohne den Glauben an den Schöpfer ist der Mensch bereit, alles zu verehren, was ihm eine übernatürliche Dimension zurückgeben kann. Nachdem man die Lächerlichkeit hinter sich gelassen hat, fühlt man eine große Trauer. Wo ist der Baum des 1. Psalms, »der seine Frucht bringt zu seiner Zeit, und seine Blätter verwelken nicht«? Wie konnten wir auf diese Ebene von Rückschritt und innerer Armut gelangen?

Die Welt, die wir unseren Kindern vererben

5. DEZEMBER

Vor zwei Tagen in Rom glaubte ich, eine Halluzination zu haben. Ich saß im Bus vom Bahnhof zu mir nach Hause, als jemand in meiner Nähe anfing, Dante zu deklamieren, die berühmten Verse von Paolo und Francesca:

Die Liebe, die zur Gegenliebe nötigt,
Ließ mich an ihm solch Wohlgefallen finden,
Dass, wie du siehst, sie noch nicht von mir ablässt.

Zwei Stimmen wechselten sich in fröhlichem Ton ab. Wer konnte das sein? Ich drehte mich um und erblickte hinter mir zwei Mädchen, höchstens 15 oder 16 Jahre alt, modisch gekleidet: schwarze Jacken, nabelfreie Pullover, Plateauschuhe, vier Kilo das Stück. Es war später Nachmittag, wahrscheinlich waren sie auf dem Weg in die Stadt, um einzukaufen. Und mittels Dantes Verse vertrauten sie sich ihre zärtlichen Schwärmereien an.
Auf einmal nahm eine von ihnen einen Zettel aus der Tasche, der mit der Hand beschrieben war. Es war keine SMS, keine E-Mail, es war ein echter Brief. Als ihre Freundin neugierig wurde und sie

bat, den Brief lesen zu dürfen, errötete sie heftig: »O nein. Das geht nicht ...«

Seit der Mensch eine Geschichte hat, klagen die älteren Generationen darüber, dass sie die Jugend, ihre Einstellung zu den gesellschaftlichen Werten und den Niedergang des Intellekts und der Moral nicht verstehen. »Die Gesellschaft hat keine Zukunft mehr«, wettert man seit Tausenden von Jahren und trotz allem, ob gut oder schlecht, existiert die Gesellschaft weiter.

Abgesehen von dem natürlichen Neid auf die, die noch jung sind und das ganze Leben vor sich haben, weiß ich nicht, woher diese Haltung kommt. Jedes Mal, wenn ich die üblichen Verallgemeinerungen über die Jugend höre, ärgere ich mich. Was bedeutet es, »jung zu sein«? Wenige Jahre auf dem Buckel zu haben, sicher, aber was sonst? Die Jugend, die Reife und das Alter sind nur Patina an der Oberfläche. Unter dieser Oberfläche gibt es die Einzigartigkeit des Menschen und seines Schicksals.

Ich ärgere mich darüber auch, weil ich davon überzeugt bin, dass es ihr Jugendlichen sein solltet, die empört und wütend sagen: »Jetzt reicht's«, und die Türe zuschlagen.

Die Welt, in der wir leben, wurde zu einem Mülleimer unter freiem Himmel und wir scheinen uns nicht sehr von den Insekten zu unterscheiden, die versuchen, in einem übel riechenden Universum zu überleben. Der einzig angebotene Weg, sich zu verwirklichen, wenn man erwachsen wird, besteht in Vulgarität, Egoismus und Engherzigkeit. Das Leben ist zu einem Wettlauf um Punkte geworden, einige Dinge bringen Punkte ein, andere lassen sie wieder verlieren. Wer zu viele Minuspunkte hat, scheidet aus.

Wir haben euch eine Welt von Raub, Blutbädern und Massakern hinterlassen. Eine Welt, die von den Gerissenen, Unehrlichen und Gewalttätigen beherrscht wird. Auf subtile Weise haben wir die erschreckendsten Abartigkeiten des Menschen zu Werten erhoben. Jede Zeitung, jede Fernsehsendung, jedes virtuelle Spiel wiederholt euch dies Tag für Tag. Als Gegenstück zu diesem Horror bietet man euch unbegrenzte Kaufangebote. Glanzvoll stehen sie stets zur Verfügung und verleihen eurem Alltag großzügig immer wieder einen neuen Sinn.

»Die Jugend ist schlecht erzogen, gierig und gewalttätig«, wird pausenlos wiederholt. Aber keiner sagt: »Warum sind sie so? Was verlangen wir denn? Von der Wiege an haben wir sie mit Müll zugedeckt und jetzt beschweren wir uns über ihren schlechten Geruch.«

Niemand schämt sich, niemand bittet um Verzeihung. Der Krebs des Zynismus hat jedes tiefe Gefühl verschlungen.

Und doch, trotz dieser Ausrottungsversuche wiederholen verliebte Mädchen immer weiter die Verse von Paolo und Francesca, sie werden rot, wenn sie einen Namen hören oder einen Liebesbrief lesen. Denn das Herz des Menschen dürstet nach Schönheit, Dichtung und Miteinander. Denn auf dem Grund eines jeden Herzens flackert, wenn auch durch Trümmerteile verdeckt, schwach und zuckend das Licht der Wahrheit.

Und dieses Licht verursacht die größte Angst.

Die Freiheit der Wahl

12. Dezember

Vielen Dank für deine Glückwunschkarte. Ich hatte gar nicht daran gedacht, aber ich bin ja zweimal so alt wie du. Aber nur dieses Jahr können wir mit den Zahlen so spielen: zwei und zwei, vier und vier. Nächstes Jahr werden wir schon weiter entfernt sein, du mit zwei und drei, ich mit vier und fünf. Als ich klein war und schnell groß werden wollte, habe ich mir vorgestellt, doppelt so alt zu sein. Als ich acht Jahre alt war, dachte ich: Ich bin erst die Hälfte von 16 Jahren, mit 16 fantasierte ich über 32. Wie werde ich in diesem Alter sein, was werde ich machen? Ich wusste noch nicht, was ich machen würde, wenn ich erwachsen wäre, ob ich heiraten, ob ich Kinder haben würde. Ich wusste auch nicht, dass ich einmal Bücher schreiben würde, und wenn mir jemand gesagt hätte, dass ich berühmt würde, hätte ich schallend gelacht.

Das Leben hält immer außergewöhnliche Überraschungen für uns bereit. Wir planen, in eine bestimmte Richtung zu gehen, und das Leben führt uns mit unmerklichen Bewegungen in eine ganz andere. Je mehr die Jahre vorübereilen, umso mehr überkommt einen der Verdacht, dass an irgendeinem Ort das Drama unseres Lebens, wenn auch nicht im eigentlichen Sinn vorgezeichnet, so doch immerhin vorskizziert ist.

Ich erinnere mich an eine Geschichte, die mir passiert ist, als ich ungefähr so alt war wie du. Jemand, der sich leidenschaftlich mit Esoterik beschäftigte und den ich bei Freunden kennen gelernt hatte, bestand darauf, mein Geburtsdatum zu erfahren. Ein paar Tage später, als ich ihn wieder traf, sagte er zu mir: »Du wirst eine Künstlerin werden und mit ungefähr 40 wird dein Leben eine dramatische Veränderung erfahren.« Ich hatte ihn nicht ernst genommen. Was für eine Art von Künstlerin könnte ich denn werden? Ich konnte weder ein Instrument spielen noch malen, geschweige denn tanzen. Ich hatte auch nicht genug Fantasie, auch nur einen Satz zu schreiben. Und die Veränderung? Was konnte das sein? Eine Krankheit, ein junger Tod? Oder etwa die Wahl, ins Kloster zu gehen? »Kannst du mir nicht etwas mehr sagen?«, hatte ich ihn gefragt. »Nein, mit der Zeit wirst du schon verstehen«, war seine Antwort.

Ein paar Tage später hatte ich seine Worte schon vergessen. Aber als der überwältigende Erfolg von *Geh, wohin dein Herz dich trägt* eintrat, kamen mir seine Worte wieder in den Sinn. Also das war es! Ich war eine Schriftstellerin geworden und die dramatische Veränderung, von der er gesprochen hatte, war der Erfolg! Ein glücklicher Zufall? Wer weiß …

Sicher ist, dass in unserem Leben, in seiner Verwirklichung ein großes Geheimnis verborgen liegt. Wenn alles schon festgelegt, alles schon geschrieben ist, wo bleibt dann unsere Freiheit, unsere Möglichkeit zu wählen? Konnte ich wirklich nur das werden, was ich heute bin, oder hatte ich andere Wege vor mir?

Du hast jahrelang Betriebswirtschaft studiert mit der Überzeugung, dass dies dein Schicksal wird, und jetzt hast du eingesehen, dass es für dich absolut bedeutungslos ist.

Warum entsteht plötzlich Unzufriedenheit?

Sind wir Marionetten oder Geschöpfe, die nach ihrem eigenen Kopf handeln?

Das größte Geschenk, das wir bekommen haben, ist die Willensfreiheit, d. h. die Möglichkeit zu wählen. Wählen bedeutet einfach, zwei Wege vor sich zu haben und den einen statt des anderen einzuschlagen. Es bedeutet auch, verzichten zu können: Ich weiß nicht, was auf dem anderen Weg geschehen wäre, und ich werde es nie erfahren, weil ich ihn hinter mir gelassen habe und nicht mehr zurückgehen kann.

Erinnerst du dich an das Ende von *Geh, wohin dein Herz dich trägt?* »Und wenn sich dann viele verschiedene Wege vor dir auftun werden und du nicht weißt, welchen du einschlagen sollst, dann überlasse es nicht dem Zufall, sondern setz dich und warte (…) warte noch.«

Sich setzen und warten. Zwei Worte, so weit entfernt von unserer hektischen Nutzung der Zeit! Um schon gar nicht die Stille zu erwähnen. Und doch sind es gerade diese drei Bedingungen, die uns helfen, die richtige Richtung einzuschlagen: Unbeweglichkeit, Geduld und Stille.

Um zu wählen, ist es notwendig, das ganze Geschwätz um uns herum, die überall verbreiteten banalen Vorurteile und die konventionellen Denk- und Verhaltensmuster auszublenden. Man muss in die eigene Tiefe gehen und in sich selbst hineinhören. Man muss in der Lage sein, mit Geduld und Demut zu warten, weil unser tiefstes Bewusstsein scheu wie ein wildes Tier ist und andere Lockrufe

– Stimmen, Tipps, Orakel – es zu übertönen versuchen. Und außerdem: Eine bewusste Entscheidung zu treffen – du hast das mit deinem Satz: *Es ist furchtbar, alles wieder von vorne zu beginnen*, ganz treffend zum Ausdruck gebracht – macht das Leben sehr viel schwerer.
Mit der Wahl beginnt eine Reise. Eine Reise, die um vieles härter ist, als wenn man sich nur mit der Strömung treiben lässt.

Das einfallende Licht

19. DEZEMBER

Ich weiß nicht, wo du bist, wenn du diesen Brief bekommst. Ich bin in Triest, um das Weihnachtsfest mit meinen Nichten zu verbringen. Die Kinder meines älteren Bruders leben in Hongkong, so dass ich, wenn sie nach Italien kommen, versuche, mit ihnen so viel Zeit wie möglich zu verbringen.

Seit ich Tante geworden bin, habe ich wieder Freude daran, das Weihnachtsfest zu feiern. Es ist wunderbar, viele Kinder um sich zu haben, ihre Aufregung und den Zauber der Erwartung zu spüren. Aber ich verstehe gut dein Unbehagen bei der Vorstellung, Heiligabend zusammen mit deiner Mutter vor dem Fernseher zu verbringen. *Wenn ich aber nicht bei ihr bin,* sagst du, *was mache ich dann? Und sie, was macht sie, ganz allein?*

Glaubt man den Psychologen, dann ist Weihnachten einer der Festtage, der in der Tiefe der Seele das größte Wirrwarr verursacht. Alles, was während des Jahres ruhig blieb, explodiert beim Herannahen dieses Festes. Phobien, Neurosen, Einsamkeit, Panik, Versagensängste und der Wunsch zu fliehen überfallen plötzlich jeden.

Da Weihnachten vor allem ein Fest der Familie ist, ist es wie ein Lackmustest. Groll, Hass und Missverständnisse tauchen in der

Woche davor mit aller Kraft wieder auf. »Weihnachten zusammen mit meiner Schwiegermutter? Lieber flüchte ich zum Nordpol!« »Mein Cousin? Um Gottes willen, ich kann ihn nicht ertragen!« »Ich habe kein Interesse an Jesus, warum sollte ich feiern?« Dann wird wie durch Magie zwei Tage vor dem Fest alles beigelegt und am Abend des 24. – oder am 25. beim Mittagessen, je nach Tradition – sind alle am gedeckten Tisch versammelt.

Ich habe »beigelegt« gesagt, richtigerweise hätte ich sagen müssen »zum Verstummen gebracht«. Es ist ein Waffenstillstand, der wenige Stunden dauert, dann kehrt das Zetern und Meckern wieder. »Gott sei Dank, auch für dieses Jahr wieder geschafft ...«, sagt man, sobald man draußen auf dem Treppenabsatz steht.

Was für einen Sinn hat Weihnachten, fragst du mich, *außer Einsamkeit und Verzweiflung bei den Menschen entstehen zu lassen, die wie ich und viele andere keinen festlichen Tisch haben, um den sich alle versammeln? Was für einen Sinn hat diese verrückte Hetze beim Einkaufen, dieses Reden über das Gutsein, als ob man die Lippen mit Puderzucker eingestäubt hätte?*

Aus dieser Perspektive gesehen nicht den geringsten, außer dass sich der Bauch füllt, der Geldbeutel schmaler wird und Beruhigungsmittel geschluckt werden müssen. Aber uns beide – wir haben das schon bei unseren ersten Treffen festgestellt – interessieren nicht die Äußerlichkeiten, sondern was hinter der Fassade steckt. Was dahinter steckt – zerdrückt zwischen den dicken Bäuchen der Weihnachtsmänner –, ist ein Fest des christlichen Jahres. Viele Christen, du sicher auch, sind überzeugt, dass es sich um das wichtigste Jahresfest überhaupt handelt. Aber dem ist nicht so. Auch wenn die Kirchen zur Mitternachtsmesse überfüllt sind und in der Osternacht halb leer, stellt Ostern das Schlüsselfest und den Angelpunkt unseres Glaubens dar.

Glauben! Was für ein komplexes Wort, so oft mystifiziert, manipuliert und entwertet. *Das kleine Stück naiven Glaubens,* schreibst du mir, *das mir aus der Kindheit geblieben war, ist jetzt auch noch verschwunden. Den eigentlich stärksten Anstoß dazu gaben genau diese Mitternachtsmessen. Ich erblickte um mich herum viele erhitzte, unaufmerksame Menschen, die gerade die festliche Tafel bei sich zu Hause verlassen hatten und nicht in der Lage waren, die Worte des Priesters zu erwidern. Dabei habe ich mich gefragt: Was für ein Gott ist das, der sich mit solchen Leuten zufrieden gibt?*

Ich möchte deine Frage umdrehen. Und was ist, wenn wir diejenigen sind, die sich damit zufrieden geben, die sich mehr schlecht als recht zwischen ein paar verworrenen Vorstellungen und einer bloß oberflächlichen Glaubensbefolgung durchschlagen? Was ist, wenn ausgerechnet wir es sind, die in unserer Angst, unserem Konformismus und unserer Oberflächlichkeit etwas, was in Wirklichkeit den tiefsten Einsatz unserer Person erforderte, bloß mit kleiner Münze entgelten wollen?

Weihnachten ist das Fest des »wahren Lichts, das jeden Menschen erleuchtet«, der in die Welt gekommen ist. Versuche alles um dich herum zu vergessen und denke nur an das – an das einfallende Licht. Das Licht, das die Rettung ist.

Öffne dich diesem Licht, sei bereit, es aufzunehmen. Nur so wirst du

vielleicht, mit der Zeit und der Gnade, begreifen, dass der Glaube vor allem bedeutet, verliebt zu sein.
Der Blick eines verliebten Menschen ist ganz anders als der Blick eines Menschen, der nur eine leere Verpflichtung erfüllt. In dem einen gibt es Freude und den Wunsch nach Begegnung. In dem anderen passive Erwartung, die man Idolen entgegenbringt.

Dein Durst ist ein absoluter Durst

26. DEZEMBER

Die Ruhe nach dem Sturm!

Die Aufregung der Kinder hat sich gelegt, die Geschenke, die sie bekommen haben, verstopfen den restlichen freien Platz im Kinderzimmer, die Küche ist wieder aufgeräumt und in den Aschenbechern finden sich hier und da noch Reste von Wal- und Haselnüssen, als sei das Haus von einem Heer Eichhörnchen überfallen worden. Von den Kerzen sind nur noch Stummel übrig geblieben. Die Tanne, die an der Wärme leidet, verliert ihre Nadeln. Nur die Katze hat noch ihren Spaß, sie duckt sich auf den Boden, um plötzlich nach oben zu springen und eine Weihnachtskugel zu erhaschen.

So ist es im Haus, aber draußen ist es nicht viel anders. Wenn ich aus dem Fenster schaue, sehe ich nur zwei oder drei Boote, die träge auf dem Meer schaukeln, und auf der großen Promenade fahren nur wenige Autos. Man atmet die Luft der Erschöpfung des 26. Dezember. Man isst Reste. Die Ruhe wird bis zum 31. dauern. Man muss seine Energie wiedergewinnen, den Magen leeren, die Leber reinigen.

Ich habe immer mit Mäßigung gegessen und während der Festtage mit ihren reich gedeckten Tischen fühle ich eine Art ernährungsbedingter Einsamkeit. So nahm ich heute Morgen im Rahmen der allgemeinen

»Verdauungsstimmung« meine Jacke und machte einen Spaziergang zur Strandpromenade. Es waren noch nicht viele Leute unterwegs. Ich fand eine bequeme Klippe und ließ mich darauf nieder.
Als ich auf den Horizont blickte, wurde mir klar, wie sehr mich deine Fragen zwingen, mich intensiv mit ihnen auseinander zu setzen. Dein Durst ist ein absoluter Durst. Ein dringender Wunsch nach reinem Wasser. Bisher hat man dir höchstens Dosenlimonade angeboten, mit dem einen oder anderen Namen, mehr oder weniger gut schmeckend, aber immer nur Getränke-Ersatzmittel, die deinen Durst nicht löschen.
Das kleine Stück Glauben, das mir aus der Kindheit geblieben war. Das ist ein Satz, der mich berührt hat, weil er einen weit verbreiteten Zustand zum Ausdruck bringt. Man bekommt die Erstkommunion, in einigen Fällen auch die Firmung und erwartet dann, das ganze Leben von deren Zinsen zehren zu können. Die wenigen Begriffe, die man oft ohne viel Aufmerksamkeit mehr schlecht als recht gelernt hat, und die fast nicht vorhandenen Gefühlsregungen sollen für den Rest eines Lebens reichen. Sie sollen uns zufrieden stellen und in der Lage sein, alle unsere Fragen zu beantworten. Wenn sie das nicht tun, werfen wir alles über Bord: Ich habe keinen Glauben mehr, es gibt niemanden im Himmel. Und wenn es dort doch jemanden geben sollte, ist mir das auch egal.
Jahrelang stumpfsinnig wiederholte Allgemeinplätze haben uns zu der Auffassung gebracht, dass der Glaube eine vorgeprägte Form sei, durch die wir in der Lage sind, uns gegenüber der Welt auf jede nur erdenkliche Weise sicher zu fühlen. »Du kannst dich mit deinem Glauben glücklich schätzen!« Wie viele Male ist mir dieser Satz be-

gegnet, mit einem leicht spöttischen Unterton! »Glücklich, warum?«
»Weil du es schaffst, an all diese Dinge zu glauben ...«
Aber der Glaube ist genau das Gegenteil! Der Glaube ist Öffnung, Hinterfragung und natürlich auch Zweifel. Der Glaube ist nicht eine Art Wollhose, die wir in der Kindheit anziehen und die dann zusammen mit uns in die Breite und Höhe wächst, sich auf bequeme Weise allen Situationen anpasst. Er ist vielmehr ein lebendiges Wesen, etwas, das sich bewegt und verändert. Aber dafür bedarf es der konstanten Aufmerksamkeit.
Er ist etwas, das geschaffen wurde, aber auch ein Grundstoff und ein Element. Ein Feuer, das einen erleuchtet und erwärmt, aber auch verbrennen kann. Um zu existieren, benötigt es ständig neue Nahrung. Wir hingegen nehmen ein nicht angezündetes Feuerzeug in die Hand und sagen: »Ich habe keinen Glauben mehr.« Aber haben wir den Glauben wirklich jemals gehabt?
Wenn du dich wirklich auf den Weg machen willst, musst du als Erstes einen großen Sack nehmen und alles hineinpacken, was nicht von Nutzen ist: die Allgemeinplätze, die leeren Phrasen und die allzu banalen Bilder. Dann geh auf den Balkon deiner Wohnung und wirf einen Blick nach oben. Wahrscheinlich kannst du zwischen den Antennen und Häusern dort die Sterne funkeln sehen. Stell ihnen Fragen. Wer hat euch dort oben aufgehängt? Und warum? Und was befindet sich hinter der Dunkelheit des Himmels? Und hinter den schwarzen Löchern?
Das genau ist der erste Schritt des Weges: sich in das Geheimnis vertiefen.

Nutzlose Lasten abwerfen

3. JANUAR

Ich schreibe dir aus einem kleinen Dorf in den Bergen. Ich bin hierher gekommen, um meine Nichten in den Schnee zu begleiten. Für sie, die das ganze Jahr in einem Wolkenkratzer in Hongkong gefangen leben, sind dies ganz außergewöhnliche Augenblicke. Sie können gefahrlos im Freien herumtollen, weit entfernt von der Hektik der Stadt, so, wie sie es im Sommer bei mir auf dem Land erleben. Ich glaube, dass sie von diesen kurzen »Unterbrechungen« den Rest des Jahres zehren.

Die Große fährt schon gut Ski und folgt ihren Eltern den Berg hinunter, während ich diesen Sport jetzt aufgegeben habe. In erster Linie deshalb, weil die Höhenangst mich daran hindert, unbeschwert in eine Seilbahn oder einen Sessellift einzusteigen, aber auch weil die waghalsigen Snowboardfahrer immer mehr werden, so dass jede Abfahrt einem russischen Roulett gleicht. Ein Freund von mir war monatelang im Krankenhaus, nachdem er von einem dieser »Schneeflitzer« umgefahren wurde. Ungefähr vor zwei Jahren habe ich meine Abfahrtsski genommen, sie einer Freundin geschenkt und mich von da an mit Leib und Seele aufs Langlaufen gestürzt.

Der Langlauf ist vielleicht überhaupt der Sport, den ich am meisten liebe, da er so viele Dinge in sich vereinigt: die Stille, den Schnee, die Einsamkeit, die Wälder, die körperliche Anstrengung des Anstiegs und die fantastische Belohnung der Abfahrt. Viele meiner Bücher habe ich mir auf Skiern ausgedacht, weil der Sauerstoff und die Bewegung den Einfallsreichtum fördern.

Letzte Woche schlug ich dir vor, dass du, wenn du dich auf deinen persönlichen Weg machst, den »Schimmer des Glaubens« aus deinen Kindertagen wieder zu finden, eine große Tüte nimmst und alles hineinpackst, was dich auf deinem Weg behindert. Das bedeutet nicht, dass du dich von deinen Lasten befreien sollst, ganz im Gegenteil. Du wirst entsetzlich schwer zu tragen haben. Es bedeutet nur, dass du alle Definitionen des Glaubens, des Schöpfers und der Religion auslöschst, die bis jetzt dein Denken hemmen, alle, die dich zurückhalten und dich dazu bringen zu sagen: »Nein, so kann es nicht sein!«

Deine Reise wird dich, wie jede spirituelle Reise, zu einer Begegnung mit jemandem führen, den du noch nicht kennst. Du kannst nicht wissen, ob und wann sie stattfinden wird. Auf dem Weg bietest du einfach deine Bereitschaft an. Aber du kannst weder die Regeln diktieren noch einen Termin festlegen wie du auch nicht wissen kannst, wie das Gesicht dessen aussehen wird, der dann vor dir steht.

Die Suche versetzt dich in einen Zustand der Zerbrechlichkeit und Nacktheit, genau das Gegenteil von dem, was jemand, der sich von derlei Dingen fern hält, erwarten würde. Du gewinnst keine Sicherheit, sondern du gibst vielmehr die, die du bis jetzt hattest, auf.

Man braucht großen Mut dazu, nicht wahr? Es ist viel einfacher, die Wahrheiten, die wir schon im Kopf haben, wie ein Papagei ständig zu wiederholen, auch wenn sie schon ächzen und ihren Glanz verloren haben. Es ist viel einfacher, sich mit fertigen Phrasen zu rechtfertigen.

Kannst du dich erinnern, als wir über die Unruhe geredet haben? Außer einer Qual ist sie auch ein großes Geschenk, vergleichbar mit dem Humus im Boden. Je mehr Humus man hat, umso mehr Blüten werden die Pflanzen entwickeln. Aber in unserer Gesellschaft wird der Humus nicht geschätzt, er wird als unbequem angesehen und man geht mit ihm um wie mit einem Paket. Die Soziologen senden es zu den Psychologen, die Psychologen zu den Politikern, die Politiker zu den Familien, die Familien zu den Schulen. Wie bei den Koffern von früher klebt jeder Spezialist, an dem dieses Paket vorbeikommt, ein Etikett darauf. Das ist das! Nein, jenes! Es ist etwas anderes! Nehmt jene Tropfen! Nehmt diese Tabletten! Sperrt sie ein! Stoppt sie! Schickt sie zur Psychoanalyse!

Was ist, wenn wir anfangen zu denken, dass diese Unruhe ein Zeichen für die Sehnsucht unseres Herzens nach der Gnade darstellt?

Die geheimnisvolle Berührung durch das Heilige

10. Januar

Ich habe mich gefreut zu erfahren, wie du das Problem mit dem Weihnachtsurlaub gelöst hast. Die Vorstellung, wie du zusammen mit deiner Mutter vor dem Fernsehapparat alle Weihnachtsprogramme über dich ergehen lässt, hat mich richtig melancholisch gemacht.

Mit dem Auto wegzufahren war eine ausgezeichnete Idee. Ihr beide allein auf einer Reise durch Italien, ohne ein bestimmtes Ziel, das ihr dann aber dennoch gefunden habt. Oder wohl eher im Gegenteil, wie du mir schreibst: *Vielleicht hat uns dieser Ort von Anfang an wie ein Magnet angezogen. Dort mussten wir hingehen und dort sind wir gelandet, fast ohne es zu bemerken. Auf den rauen Hängen des Monte St. Angelo im Gargano. Meine Mutter hatte schon etwas davon gehört, ich selber wusste nicht einmal, dass er existiert. Ich habe nie eine Sympathie für Engel oder Ähnliches gehabt. Trotzdem muss ich sagen, dass ich, als ich dort in die Grotte hinabstieg, ein merkwürdiges Gefühl hatte. Ein Gefühl innerer Unruhe.*

Eigenartig! Ich war im letzten Sommer auch mit meiner Mutter dort oben, doch im Unterschied zu dir bin ich bewusst dorthin gegangen, um mir einen alten Wunsch zu erfüllen. Und während ich mich meinem Ziel Schritt für Schritt näherte, konnte ich nicht umhin, ständig an Jerusalem zu denken. Dieselbe trockene Erde, der weiße Kalkstein, die Oliven, die Esel, der lange Weg nach oben, um zu dem heiligen Ort zu gelangen. Wenn du dich erinnerst, muss man, wenn man die Kirche erreicht hat, zwischen Bögen und Kurven hinuntersteigen. Erst dann kommt man zu der berühmten, in den Fels gehauenen Grotte, die vom schwachen Licht der Kerzen erhellt wird. Die Gefühle, die dieser Ort auslöst, lassen sich nur schwer beschreiben. Selten rufen Kirchen bei mir eine solch nervöse Unruhe hervor. Im Gegenteil: Je spektakulärer und reicher sie mit Statuen, Gold und Ornamenten dekoriert sind, umso weiter entferne ich mich von dem Gefühl des Heiligen. Natürlich bin ich in der Lage, die Schönheit der Malereien und Fresken, die Fähigkeiten der Handwerker, den geschichtlichen Reichtum, der diese Werke erleuchtet, zu schätzen. Doch spricht das immer mein rationales und ästhetisches Bewusstsein, meine Kultur an.

Die wenigen Male, in denen ich wirkliche Emotionen verspürte, waren in irgendwelchen verlassenen kleinen Kirchen in den Bergen oder auf dem Land. An eine kann ich mich besonders gut erinnern: leere Wände, ein nackter Altar und im Hintergrund ein schlichtes Kreuz aus Holz. Plötzlich flogen Spatzen mit Zweigen im Schnabel durch ein zerbrochenes Fenster herein und bauten auf dem bunten Relief der siebten Kreuzwegstation ihr Nest.

Die Dome, die Kathedralen, die Kirchen sind Werke von Menschen für andere Menschen und als solche trotz des guten Willens ihrer Baumeister kaum in der Lage, die tiefsten und geheimsten Schichten

unserer Seele zu berühren. Aber diese Berührung – die Berührung durch das Heilige, durch das Geheimnis – ist so wichtig für unseren Weg! Man könnte es mit einer Stimmgabel vergleichen, mit der wir unser ganzes Wesen auf eine andere Frequenz einstimmen können.
Versuch dir das Herz als Musikinstrument vorzustellen. Da gibt es die Saiten, die wir normalerweise erklingen lassen – die Saiten der Trauer, der Freude, der Wut, des Leids, der Entfernung, des Verliebtseins. Aber dann gibt es schließlich noch eine, die versteckter und tiefer liegt und oft nur schwer zu entdecken ist. Genau die aber lässt, wenn sie in Bewegung versetzt wird, den Klang aller übrigen harmonisch und kräftig klingen. Diese Saite verwandelt uns von einem Seins-Fragment zu einer Seins-Einheit.
Die Erregung, die du in der Grotte gespürt hast, war in gewisser Weise das Erwachen deiner tiefen Saite. Plötzlich, ohne dass du daran gedacht hast, hast du dich dem Geheimnis der Anwesenheit Gottes gegenübergesehen. Du warst unvorbereitet und deshalb ohne Schutzmauer, so dass dich das Staunen überwältigt hat. Staunen über wen, über was? Wie kann man es ausdrücken? Nichts ist so unbeschreibbar, so geheimnisvoll wie diese Begegnungen. Was man wahrnimmt, ist nur ein Herzklopfen, der Eindruck, dass in uns selbst ein Wind entstanden ist, eine unbekannte, neue Kraft, die in der Lage ist, alle Karten neu zu mischen.

Meine und deine Generation

17. Januar

Auch der Januar ist für das Land ein Monat der Erholung. Man pflügt nicht, man düngt nicht, man sät nicht. Noch ist der Garten von einer dicken Strohschicht bedeckt, die Obstbäume haben noch keine Blätter und das kommende Unkraut schläft – zum Glück – noch unter der Erde.

Die Tage sind noch kurz, und selbst wenn die Temperatur tagsüber mild ist, sinkt sie in der Nacht unter null. Es sind die letzten Überbleibsel der Ruhe, denn schon im Februar beginnt sich die Intensität des Lichts zu verändern. Es ist länger hell und vor allem ist es wärmer. Und genau diese unmerkliche Wärme verursacht das Wiedererwachen des Lebenszyklus. An den Zweigen werden die Knospen größer, die Tulpen und die anderen Zwiebeln stoßen durch die Erde. Die Vögel singen auf andere Weise, weil das Licht ihre Hypophysen berührt hat. Sie beginnen das großartige Manöver der Umwerbung.

Als ich in der Stadt lebte, empfand ich den Frühling als leidvoll. Aus dem einzigen Fenster meiner Wohnung konnte ich nur eine Mauer aus Zement sehen. Keinen Baum, keine Pflanzen, keinen fliegenden Spatzen. Nie schien mir mein Leben so unnütz, so leer, so ohne Sinn wie an diesen Tagen. Sonntags ging ich in einem Park spazieren. Es waren die einzig tröstlichen Augenblicke. Aber in dem Park hätte ich gerne ein Zelt aufgeschlagen, um dort zu bleiben und zu leben, versteckt zwischen dem Laubwerk, wie ein städtischer Robinson Crusoe. Das Leben im Zement, das ständige Gerenne zwischen Bus, Büro und Supermarkt gaben mir das Gefühl, stark verstümmelt zu sein. Wie du weißt, bin ich 1989 hierher umgezogen, lange vor dem großen Erfolg meiner Bücher. Ich bin umgezogen, weil ich fühlte, dass ich, wenn ich so weiterlebte, sicher krank würde. Zu viel Traurigkeit, zu viel Verzweiflung, zu viel Sinnentleertheit. So habe ich Rom verlassen und bin in das alte, feuchte und spartanische Haus gezogen, von dem ich dir erzählt habe. Zu diesem Zeitpunkt war es ein Sprung ins kalte Wasser. Ich wusste nicht, ob es klappen würde. Aber wie so oft, wenn man wagt, gewinnt man. Wieder zurück in meiner Welt fing ich an zu schreiben und in kurzer Zeit konnte ich von meinen Büchern leben.

Für mein kontemplatives Wesen ist die Natur genauso wichtig wie Wasser oder Sauerstoff. Das ist nicht bei allen so. Ich kenne Menschen, die in der Stadt wohnen und die für nichts in der Welt die Stadt verlassen würden. Zum Glück ist jeder anders. Und genau diese Verschiedenheit ist das wirksamste Gegengift gegen das Geschwür der Verallgemeinerung. Die »Jungen«, die »Alten«, die »Christen«, die »Moslems«, die »Juden« ... Solche Kategorien haben mich immer abgeschreckt. In jedem Gesicht sehe ich allein die Einzigartigkeit eines Menschen.

Du fragst mich, in welcher Weise sich deine und meine Generation unterscheiden. Etwas fällt mir sofort ein. Wie wir mit der Herausforderung und dem Risiko gelebt haben, so lebt ihr in einer Zeit der Ruhe und Konfliktlosigkeit. Für uns, die wir in Terrorismus und Ideologie aufgewachsen sind, gab es nur den Zwang. Den Zwang, ungesetzlich zu handeln, Partei für den einen oder den anderen zu ergreifen, die Welt nach den Säuberungsregeln des gewalttätigen Terrors zu verändern.

In all den Jahren der Jugend und des Erwachsenwerdens haben wir das reine Gift des Hasses, der Diskriminierung und der Gewissheit, dass das Gute auf der einen und das Böse auf der anderen Seite ist, in uns eingesogen. Es gab keine Freude in diesen Tagen, keine Unbeschwertheit, keine Freiheit. Die Gesellschaft musste verändert werden und es war an uns, dies zu tun. Es gab keine Möglichkeit, sich zu zerstreuen oder Urlaub zu nehmen.

Die schlechten Lehrer hatten ausgesprochen eifrige Schüler gefunden. Viele meiner Altersgenossen traten ein in die Reihen der Terroristen, andere fanden ihr Ende in den Armen des Heroins.

Jedoch lagen dieser Zerstörung keine Bosheit und keine Schlechtigkeit zugrunde, sondern ein großes Maß an Idealismus. Der Wunsch, die Wahrheit siegen zu lassen. Aber wenn die Wahrheit zur Partei wird, ist alles, was daraus entstehen kann, Zerstörung. Denn die Wahrheit ist keine Partei, sondern ein Licht. Und allein dieses Licht erleuchtet wirklich die Finsternis unserer Herzen.

Die Masken und die Gesichter

24. Januar

Ich teile dein Unbehagen über den Karneval. *Das Echo von Silvester ist noch nicht verklungen,* so schreibst du, *und schon bereitet man neue Festivitäten vor. Ich habe verschiedene Einladungen bekommen, aber ich habe keine Lust, auch nur eine anzunehmen. Meine Mutter sagt, das sei nicht normal, in meinem Alter müsse man ausgehen und sich amüsieren. »Vielleicht lernst du ja jemanden kennen …«, fügt sie dann auch noch hinzu und das macht mich noch ärgerlicher. Ich antworte ihr, dass ich mich, wenn ich ausgehe, nicht amüsiere, sondern mich ganz im Gegenteil deprimiert fühle, aber das glaubt sie mir nicht. Sie behauptet weiter, dass ich nur Angst hätte. Wenn ich aber als Fee verkleidet zu den Festen ginge, wären all meine Probleme gelöst.*

Ich will mich bei eurem Streit nicht als Richter aufspielen. Karneval ist überhaupt das Fest, das ich am wenigsten ertragen kann, vielleicht wegen der Masken. Schon als Kind waren sie mir stets ein Gräuel. Ich erinnere mich noch an die roten, weißen und schwarzen Masken, die ein Verwandter in einem Holzkasten aus Japan mitgebracht hatte. Heute weiß ich, dass es sich dabei um Nachbildungen von Masken des traditionellen No-Theaters handelte. Damals hatte ich davon na-

türlich keine Ahnung, aber ihre starren Mienen bereiteten mir schlaflose Nächte.
Ich hatte nie das Verlangen, mich als Prinzessin, Odaliske oder feine Dame zu verkleiden. Das einzige Kostüm, in das ich mich gerne hätte stecken lassen, war das einer Indianerin: Lederjacke, Pfeil und Bogen und lange bunte Federn auf dem Kopf. Es wäre mir lieber gewesen, auf einem Pferd frei wie der Wind über die Prärie zu reiten, viel lieber, als mich zwischen Tanzfläche und Sofa auf die Suche nach einem potenziellen Märchenprinzen zu begeben.
Ich bin nur ein einziges Mal auf einem Faschingsball gewesen. Ich war jünger als du heute, aber ich kann mich noch gut an die Ungeduld, Langeweile und das Gefühl von Unbehagen erinnern, das ich während des gesamten Festes verspürte. Alles wirkte gezwungen, steif und verkrampft. Du siehst, du bist nicht die Einzige, die vor dem Zwang, sich zu vergnügen, zurückschreckt.
Aber warum verursacht die Maske bei einigen von uns solche Angstgefühle? Hast du dich das je gefragt? Ich schon. Die Maske ist etwas, das wir vor unser Gesicht halten. Etwas, das uns verdeckt, das uns eine andere Identität gibt. Wenn man genau hinsieht, sind die Karnevalsmasken wegen ihrer offenkundigen Verstellung eigentlich harmlos. Ganz andere Gefahren stecken hinter den alltäglichen Masken, die wir anlegen, um unser innerstes Wesen zu verstecken, uns selbst zu akzeptieren und von anderen akzeptiert zu werden.
Im Laufe der Zeit wirst du bemerken, wie die Art unseres Lebens in erstaunlicher Weise unsere Gesichtszüge verändert. Sicher tragen Ernährung, Stress und die Härte des Alltags auch dazu bei, aber sie verursa-

chen nur geringfügige Zeichen. Das, was die nicht mehr zu glättenden Furchen verursacht, ist die Anspannung in unserem Inneren.
Mit 20 Jahren sind wir alle »schön«, aber schon mit 40 beginnt unser Gesicht auf viel sagende Weise zu sprechen. Welche Gefühle haben wir kultiviert? Wut, Neid, Rivalität, Egoismus, Feigheit? Oder Kraft, Liebe, Großzügigkeit? Für welchen Weg haben wir uns entschieden, den der Gerechtigkeit oder den der Gottlosigkeit? Spricht unser Blick über die Fülle unseres Herzens oder sind es nur unsere Lippen, die davon erzählen?
Unser Herz mag in Verwirrung und Dunkelheit untergehen und dennoch kann unser Mund über so hohe Gefühle wie Liebe, Glauben und Gerechtigkeit sprechen. Dies ist eine der schlimmsten Masken. Die des redlichen, frommen Menschen, die im Grunde die Leute, die auf ehrliche Weise einen eigenen Weg suchen, noch mehr in Verwirrung stürzt. In diesem Fall muss man den Ton abstellen und sich nur nach dem richten, was man sieht. Was bringen diese Augen oder diese Lippen zum Ausdruck? Was sagen diese Hände? Was für eine Ausstrahlung hat die Person? Strahlt sie Freiheit und Brüderlichkeit aus oder eher das tückische Licht des Eigennutzes und der Manipulation? Gibt es ein Feuer, das in ihr brennt, oder nur eine Glühbirne?
Wenn du im Zweifel bist über jemanden, denk an das Lachen von Mutter Teresa, an den Blick von Gandhi, an den Gesichtsausdruck des Frère Roger von Taizé. Denk an sie und an alle Gesichter, die durch den Weg des Leides und der Gnade verwandelt wurden, in denen sich das liebevolle Gesicht des himmlischen Vaters auf Erden widerspiegelt.

Rechte und Pflichten

31. Januar

Deine Entscheidung, nach einer Arbeit zu suchen, um unabhängig zu sein, scheint mir richtig. Du weißt zwar noch nicht, was du nächstes Jahr machen wirst, aber immerhin hast du dich entschieden, nicht weiter von deiner Mutter abhängig zu sein.
Plötzlich habe ich verstanden, schreibst du mir, *dass es in meinem Alter ziemlich demütigend ist, seine Mutter um Geld zu bitten, um eine Pizza essen gehen zu können. Es muss auch nichts mit meinem Diplom zu tun haben, eine einfache Arbeit genügt. Eine Arbeit, die es mir erlaubt, ein klein bisschen unabhängig zu sein.*
In einem Land, in dem die Kinder selbst noch als Erwachsene bei ihren Eltern wohnen, ehrt dich diese Aussage. Du überwindest die Unbeweglichkeit und das Warten. Das Leben gehört dir und zu Recht beginnst du, dich selbst darum zu kümmern. Auch wenn es nur eine kleine Entscheidung ist, schwimmst du damit auf jeden Fall gegen den Strom. Deshalb ist deine Freundin auch aus allen Wolken gefallen.
»Warum machst du das?«, hat sie dich gefragt. »Es fehlt dir doch an nichts.«
»Um frei zu sein.«

»Wie kannst du frei sein, wenn du arbeiten musst? Du hast dann für nichts mehr Zeit!«

Du wusstest nicht, was du darauf sagen solltest, schreibst du mir.

Ich glaube, dass ein Teil von dir dachte, dass deine Freundin vielleicht doch Recht hat. Warum arbeiten, wenn es nicht unbedingt notwendig ist? Und warum eine Arbeit annehmen, die wirtschaftlich und vom gesellschaftlichen Ansehen her unter deinem Ausbildungsniveau liegt? Ist es da nicht besser, seine Jugend zu genießen?

Wenn ich in den letzten Jahren den Gesprächen der Leute zuhörte, die Zeitung lasen oder fernsahen, kam mir immer häufiger der Gedanke, dass das, was in dieser Zeit am dringendsten Not tut, eine Art neuer Alphabetisierung ist. Selbstverständlich handelt es sich dabei nicht mehr darum, lesen und schreiben zu lehren, sondern die moralischen und ethischen Grundlagen des menschlichen Lebens wieder ans Licht zu bringen.

Weißt du noch, wie die alten Truhen aussahen, die noch heute in fast allen Kellern zu finden sind oder auf den Dachböden stehen? Darin werden die Erinnerungen all derer aufbewahrt, die von uns gegangen sind: Kleider, Dokumente, Briefe und Gegenstände, die längst aus der Mode sind.

Mir gefällt die Vorstellung, dass im Gedächtnis einer jeden Familie eine solche Truhe existiert, in der statt Gegenständen Werte und Gefühle aufbewahrt werden, die nicht mehr modern sind. An einem langweiligen, regnerischen Nachmittag gehen dann alle auf den Dachboden. Sobald die Kinder die staubbedeckte Truhe sehen, fangen sie an darum herumzuhüpfen und zu betteln, sie öffnen zu dürfen.

Der Deckel wird angehoben und sofort tauchen viele kleine Hände hinein. Zuerst staunende Stille, dann verwundertes Geschrei: »Mama, was ist denn das für ein wunderschönes Ding?« – »Und wozu ist das nützlich, Papa? Ich habe so etwas vorher noch nie gesehen …« Die Eltern müssen wahrscheinlich ein bisschen in ihrem Gedächtnis kramen. »Lass es mich mal sehen. Ach ja, das ist Ehrgefühl.« – »Schau mal! Hier ist die Mühe, das Opfer … Die Urgroßeltern haben sie sehr oft benutzt … Und ganz unten am Boden, schau, die Scham!« – »Was ist denn das?« – »Das ist das Gefühl, das uns im Gesicht rot werden lässt.« – »Wenn einem heiß wird?« – »Nein, wenn man etwas getan hat, was nicht gut war, etwas gegen das Gewissen.« – »Und was ist das Gewissen?«

Wir leben schon seit zu langer Zeit in einer Gesellschaft, die als einziges Gesetz das Recht anerkennt. Alle sind bereit, die Stimme zu erheben und zu jedem Mittel zu greifen, damit ihre Rechte respektiert werden. Niemand scheint sich daran erinnern zu können, dass man nur deshalb Rechte hat, weil man zuvor seine Pflichten erfüllt hat. Damit wurden die Pflichten zu einem grauenvollen Schreckgespenst, das die Freiheit jeder Existenz bedroht. Pflichten scheinen mit Sklaverei identisch geworden zu sein.

Und wenn es genau das Gegenteil wäre? Wenn die Pflicht der Rahmen wäre, der unserem Leben erst einen Sinn gibt?

Man kann nicht ein Haus mit einem Dach decken, ohne vorher die Grundmauern gebaut zu haben. Doch genau das ist es, was viele heute wollen. In Sicherheit leben, ohne vorher irgendetwas getan zu haben, um die Wände zu errichten.

Ein Fluss, der der Seele entspringt

7. Februar

Der Garten erholt sich unter einer Strohdecke und noch immer ist der große Wald fast völlig kahl. Auch die Obstbäume erholen sich noch, aber nicht mehr lange. Bald steht die aufregende Zeit des Baumschnitts bevor. Aufregend natürlich für mich, nicht für die Bäume. Gerade in den ersten Jahren war es ein richtiger Alptraum. Wie, was, wie viel abschneiden? Jedes Mal, wenn ich meine Schere an einem Zweig ansetzte, war ich davon überzeugt, dem Baum einen irreparablen Schaden zuzufügen.

Doch die Jahre gingen ins Land, meine Erfahrung wurde größer und alle Bäume überlebten und brachten sogar eine ordentliche Menge Obst hervor. Und so hat sich auch meine Einstellung geändert. An dem Tag, an dem der Mond richtig steht und die meteorologischen Bedingungen stimmen, stelle ich mich, statt in Handbüchern nachzuschlagen oder aufs Geratewohl loszulegen, vor dem Baum auf und warte, dass er mit mir spricht.

Keine Angst! Es geht um keinen neuen heidnischen Kult wie den meiner Freundin, sondern um ein großes Vertrauen in ein Miteinander. Wenn ich den Baum betrachte, ohne alle Vorurteile und Denkschablonen, verstehe ich allmählich, was er braucht. Es gibt nicht *die* Apfelbäume, *die* Birnbäume, *die* Pfirsichbäume, sondern nur *diesen* Apfelbaum, *diesen* Birnbaum, *diesen* Pfirsichbaum. Jeder hat eine unterschiedliche Energie und eine unterschiedliche Fähigkeit, sich zu entwickeln und Krankheiten zu widerstehen. Ich habe sehr gesunde Apfelbäume, aber auch andere, die gerade so zwischen einer Pilzkrankheit und einem Angriff von Holzbohrern dahinvegetieren. Und doch stehen sie da, einer neben dem anderen. Dieselbe Erde, dieselbe Sonneneinstrahlung, dieselbe Nahrung, dieselbe Bewässerung. Was ist es dann?

Alles, was in der Welt existiert, zeugt von dem Geheimnis und dem Glanz der Schöpfung. Das gilt für die Bäume, die Pflanzen, die Tiere und die Mineralien. Und selbstverständlich auch für die Menschen. In einer unsichtbaren Umarmung sind wir alle miteinander verbunden. Eine Umarmung, die sich allerdings in eine tödliche Umklammerung wandeln kann, sobald wir zu sehr damit beschäftigt sind, für oder gegen etwas zu kämpfen. Ich habe eine Idee und ich bin überzeugt, dass meine Idee besser ist als deine, deshalb kämpfe ich für die Durchsetzung meiner Idee. Du machst das Gleiche, weil du sicher bist, dass die Welt besser wird, wenn ich endlich so denke wie du. Aber ist es wirklich so? Das letzte Jahrhundert offenbart uns genau das Gegenteil.

Im Namen von guten Ideen sind Abermillionen von Menschen vernichtet worden, ohne dass die Welt besser geworden wäre, ganz im Gegenteil. Je mehr die Jahre vergehen und ich sehe, was für furchtbare Dinge passieren, umso mehr denke ich, dass es vieler frommer Menschen bedarf, um überhaupt eine Zukunft zu gestalten.

Ich kann mir vorstellen, dass dieser Satz dich schmunzeln, wenn nicht gar lachen lässt. »Fromme Menschen«, solchen Unsinn findet man doch nur noch auf alten Kirchenliedzetteln und in Groschenromanen. In einer vom Zynismus beherrschten Welt erscheinen bestimmte Worte wie amerikanischer Kaugummi, der unter den Schuhen klebt. Aber was bedeutet das wirklich, ein frommer Mensch zu sein? Die Frömmigkeit besteht darin, dass er als Mensch die Flügel seiner Seele weit ausbreitet, sie liegt nicht, wie du wahrscheinlich denkst, in dem Euro, der in die Hand des Bettlers fällt, oder in dem Betstuhl, den die anmaßende Gerechtigkeit blank gewetzt hat. Die Frömmigkeit ist vielmehr ein Gefühl, das immer dann entsteht, wenn sich das Herz dauerhaft der Heiligkeit des Geheimnisses öffnet. Sie entspringt – so, wie die Flüsse den Bergen entspringen – dem Glauben und stürzt die winzige innere Ordnung unseres Lebens um.

Haben verwandelt sich in Geben und der Wille zur Macht in Dienstbarkeit, der Sieg kehrt sich um in Niederlage, die Furcht in Mut. Das, was wir bisher als unser Leben ansahen, wird gänzlich umgekehrt und zusammen mit den Ambitionen und Plänen, die wir bis dahin verfolgten, weggerissen.

Alles, was uns bleibt, ist zu gehen, zuzuhören und anzunehmen. Uns für die Verwirrung und die Einsamkeit unserer Brüder zuständig zu erklären. Das Leiden der Schöpfung zu akzeptieren. Die Freude, die in der Stille und in der Dämmerung unseres Herzens singt, anzunehmen.

Sex

14. Februar

Du schreibst mir, dass in der letzten Zeit alles besser zu laufen scheint. Das Babysitten macht dir Spaß und die kleine wirtschaftliche Unabhängigkeit erlaubt es dir, die Vorzüge der Selbstständigkeit zu genießen.

Und gerade deswegen, fügst du an, *läuft ein Tag, wenn er schief läuft, wirklich schief. Wenn es einem schlecht geht, gibt es keinen Unterschied zwischen dem einen Tag und dem anderen, aber wenn es einem besser geht, ist der Absturz immer besonders bitter. Der Februar ist der Monat der Verliebten und wie eine Artischocke mitten auf freiem Feld fühle ich mich einsam. Niemand schaut mich an, niemand richtet das Wort an mich. Die Jungen, die mich interessieren, bemerken überhaupt nicht, dass ich da bin. Bei meinen Freundinnen ist das anders. Einige haben schon sechs oder sieben Beziehungen hinter sich, während ich mich noch immer auf dem Niveau einer Grundschülerin befinde. »Auch für mich war es am Anfang schwierig«, hat mir eine von ihnen erzählt, »ich fühlte mich unscheinbar und kannte mich überhaupt nicht aus. Aber dann habe ich mir gut zugeredet, bin zu Partys gegangen, habe mir ein bisschen Mut angetrunken und plötzlich wurde alles einfacher. Wenn mir einer ge-*

fiel, schaute ich ihn an und ich kann dir sagen, mir ist bis jetzt noch keiner weggelaufen. Du bist es, die blockiert ist. Und du musst diese Blockade überwinden. Dann wirst du sehen, dass dein Handy vor lauter SMS zusammenbricht.« Ich habe versucht ihren Tipp in die Tat umzusetzen, aber das einzige Ergebnis war, dass ich am Tag danach starke Kopfschmerzen hatte. Während des ganzen Festes saß ich in einem Sessel versunken mit einem Glas Wein in der Hand. Sie haben mich nur bemerkt, wenn sie über meine Füße stolperten. Und zu allem Übel kommt jetzt bald der Valentinstag, der Tag der Verliebten. Ob ich wohl je erfahren werde, was Liebe ist?

Vor kurzem erzählte mir eine Freundin, die Religion unterrichtet, dass, wenn sie die Zehn Gebote durchnimmt, die jungen Leute immer nur über das sechste sprechen wollen: Du sollst keine Unzucht treiben. Als ich ein Kind war, war ich auch von diesem Gebot fasziniert. Doch konnte ich nicht verstehen, ob es sich auf schlechtes Benehmen oder Pferde bezieht. Beides war unangenehm. Die Pferde wegen ihres Gebisses und die Unzucht wegen der Schande und den drohenden Strafen. Ich habe mir bei der Suche nach einer plausiblen Lösung stundenlang den Kopf zerbrochen.

Heutzutage wissen selbst die kleinen Kinder leider nur allzu genau, was Unzucht bedeutet, und genau darüber wollen sie auch reden. »Es reicht jetzt mit den Gebeten«, sagte neulich ein neunjähriges Kind zu meiner Freundin, »ich bin jetzt groß und will Liebe machen.« Wie könnte es auch anders sein? Die ständige, zwanghafte Zurschaustellung von nackten Körpern und Geschlechtsakten ohne jede Scham, die uns die Massenmedien anbieten, zeitigt ihre Wirkung.

Der Sex wurde zum Motor unseres Lebens. In immer jüngeren Jahren fangen die Jugendlichen an, ihn zu praktizieren, ohne sich eine Grenze zu setzen. Wenn du keinen Sex machst, bist du entweder ein armes Schwein oder behindert. Ich bin kein Moralapostel und nehme daran keinen Anstoß, aber ich fühle eine tiefe Traurigkeit. Traurigkeit wegen der vielen Verfälschungen, denen all die ausgesetzt werden, die noch nicht mit ihrem eigenen Kopf denken können. Was ist die Sexualität, wenn sie nicht mit der Ganzheit des Menschen verbunden ist? Sie ist eine rein gymnastische Übung, dazu imstande, freudige Schauer der Lust hervorzurufen, die scheinbar – aber nur scheinbar – harmlos sind.

Du meinst, dass deine Freundin mehr Glück hat als du, weil sie mehr Erfahrungen gemacht hat. Ich glaube hingegen, dass deine Freundin nur eine Leere zu füllen versucht, und dies auf die einfachste Weise. Aber eines Tages wird sich die Leere vor ihr auftun wie das Maul des Wals vor Pinocchio. Wie sehr wir es auch drehen und wenden, wir haben doch immer nur die Wahl zwischen zwei Wegen: der eine wird uns die Einzigartigkeit unseres Wesens erkennen lassen, während der andere dazu führt, uns von unserem Schicksal zu trennen.

Daher musst du dir als Erstes eine klare Vorstellung davon machen, welche Art von Liebe du in deinem Leben kennen lernen möchtest. Die der Verwirrung oder die der Vereinigung? Die anatomisch mechanische, rein oberflächliche oder jene, die die Tiefe deines Herzens mit einbezieht?

Die Reinheit des Herzens

21. Februar

Seit vielen Jahren war der Winter nicht mehr so kalt und so unerwartet eisig. Noch Ende November kochte ich Nudeln mit Auberginen, die ich kurz zuvor geerntet hatte. Und nur zwei Wochen später wurde ich vom Schnee im Haus eingeschlossen! Schnee, der in regelmäßigen Abständen immer weiter fiel, begleitet von einem starken Wind und sibirischen Temperaturen.

Wenn das Wetter so ist, fühle ich mich gut und voller Energie. Es ist herrlich, spazieren zu gehen, den Wind im Gesicht und das Schneetreiben in den Augen. Ich liebe das Knirschen des Schnees unter meinen Schuhen und die zauberhafte Stille, die über der weißen Landschaft liegt, sobald der Wind sich beruhigt hat. Im Sommer hingegen fühle ich mich wie eine zerbrochene Puppe. Alles, was ich tue, kostet mich große Mühe, ich habe keine Lust, mich zu bewegen, und meine Konzentrationsfähigkeit ist auf ein Minimum reduziert. Wenn ich mich in die Sonne legen sollte, wie es viele tun, glaube ich, würde ich innerhalb einer halben Stunde verrückt werden!

Der Schnee kommt auch sehr oft in meinen Büchern vor. Erinnerst du dich an das Ende von *Anima mundi*? Als Schwester Irene stirbt, beginnt es zu schneien. Der Schnee mit seinem langsamen Fall

schenkt Frieden und das leuchtende Weiß, mit dem er die Welt bedeckt, erinnert uns an die Reinheit, nach der wir ohne Unterlass streben sollten.
Die Reinheit des Herzens, der Gefühle und des Blicks.
Man redet viel über die Reinheit des Wassers und der Luft, aber nie über die Reinheit des menschlichen Seins. Alles, was uns zu dem Wort Reinheit einfällt, hat in irgendeiner Form mit sexueller Repression zu tun. Ich begehe keine unreinen Handlungen, also bin ich rein. Aber was hat diese Reinheit mit Unreinheit zu tun und wie kann man ein unreines Herz definieren? Was macht ein Herz wirklich unrein?
Es passiert mir oft, dass ich Leute treffe, die sich darüber beklagen, dass die Geschichten in meinen Büchern zu hart seien. »Nehmen Sie wirklich«, fragen sie mich, »all diese Schlechtigkeit um sich herum wahr? Glauben Sie denn nicht an die Güte des Herzens?« Es stimmt, ich war schon immer sehr empfänglich dafür, das Böse, die Niedertracht und die Irrwege des Herzens wahrzunehmen. Ich fühle und sehe das Schlechte um mich herum mit schmerzlicher Deutlichkeit. Ich erkenne es, selbst wenn es, um uns zu täuschen, im Gewand des Guten daherkommt. Schon in der Schule konnte ich über Rousseau nur lächeln. Wie kann man nur daran glauben, dass der Mensch von Natur aus gut ist? Die Bibel ist viel realistischer: »Denn das Trachten des Menschen ist böse von Jugend an« (Gen 8,21).
In jedem von uns steckt ein kleiner Mörder. In einigen schläft er tief, in anderen hingegen schlummert er nur. Die hinter uns liegende Geschichte – und die Ereignisse unserer Tage – berichten fast mo-

noton von der Banalität des Bösen. Ich erinnere mich zum Beispiel an die Geschichte von zwei benachbarten Familien im ehemaligen Jugoslawien, die miteinander befreundet waren – die Kinder im gleichen Alter, gemeinsame Geburtstage, Ausflüge ans Meer, die Türen der beiden Häuser immer füreinander geöffnet und eine große Vertrautheit. Dann bricht der Krieg aus und plötzlich entdecken sie, dass sie zwei verschiedenen Religionen und ethnischen Gruppen angehören. Und so nimmt die eine Familie ein Maschinengewehr zur Hand und rottet die andere aus.

Daher denke ich, dass der erste Schritt zur Reinigung des Herzens darin liegt, sich klar zu werden, wie sehr jeder von uns zum Bösen neigt. Ich weiß, dass meine Hände sich mit Blut beflecken können, und ich weiß, dass mein Mund ein nicht weniger tödliches Gift verbreiten kann. Wer glaubt, »das passiert mir nie«, ist auf der falschen Fährte. Er lässt sich von der Anmaßung führen und nicht von der Demut.

Wie kann ich einem Feind widerstehen, dessen Existenz ich gar nicht kenne? Der Weg des Herzens erwächst aber nur, wenn ich ihn realistisch, nicht in verklärter Form sehe.

Der Dämon der Eile

28. FEBRUAR

Die Idee, die du mir unterbreitest, finde ich hervorragend. Du willst versuchen, eine Ausbildung als Physiotherapeutin zu beginnen, weil, wie du sagst, *es mir endlich klar ist, dass ich mich lieber mit Menschen als mit Kontoauszügen beschäftige.* Das ist ein großer Schritt nach vorne, findest du nicht? Am Anfang wusstest du nur, was du *nicht* machen willst: Du wolltest dein Wirtschaftsdiplom beruflich nicht nutzen. Jetzt weißt du, was du machen willst, nämlich dich mit Menschen beschäftigen, die leiden.

Verschiedene meiner Freunde sind Physiotherapeuten und ich finde ihre Arbeit ausgesprochen interessant: den Körper kennen lernen und ihm zuhören, um schließlich das Leiden zu besiegen. Ich glaube, dass dies ein Bereich ist, der zu Menschen, die so neugierig sind wie du, sehr gut passt, denn in der geheimnisvollen Beziehung zwischen Seele und Körper gibt es eine Menge zu entdecken. Die Entwicklung unserer Zivilisation hat diese Art von Kenntnis nicht gerade gefördert.

René Descartes' Idee »Ich denke, also bin ich« stellte den Meilenstein in der Verneinung der menschlichen Ganzheit dar. Es gibt nur den Kopf, der Rest ist lästiger Anhang. Wir erleben es jeden Tag in den

Wartezimmern der Ärzte, im Bus und auf der Straße, wo wir von jungen, sich bereits selbst entfremdeten Körpern umgeben sind.
Was für ein Irrtum, zu glauben, dass unser Kopf in der Lage sei, die Realität zu entschlüsseln, zu verstehen und zu beweisen. Selbstverständlich schaffen wir es, Begriffe zu bestimmen, die unsere Lebensvorstellungen widerspiegeln. Aber diese Vorstellungen werden niemals das Leben selbst sein und seine geheimnisvolle, faszinierende, leidvolle Ganzheit umfassen.
Wie auch immer, du siehst, um eine Entscheidung zu treffen, musstest du Zeit verstreichen lassen und es wird vielleicht noch viel mehr Zeit vergehen, ehe dein Wunsch konkrete Gestalt annimmt. Es ist schwierig, sich in diesen Zeiten nicht von dem ungesunden Fieber der Eile packen zu lassen. Alle haben es eilig, rennen, als ob sie von einer Gruppe wild gewordener Hyänen verfolgt würden.
Aber warum diese unablässige Flucht? Aus Angst, Ungeduld und dem Wunsch, nicht hinzuhören. Statt mich mit der eigenen Leere zu konfrontieren, renne ich. Um mich mit dem Schweigen nicht auseinander setzen zu müssen, hüpfe ich davon. Statt stehen zu bleiben und herauszufinden, welcher der richtige Weg sei, nehme ich die erste Abzweigung, die ich finde. Wohin führt sie? Das spielt keine Rolle! Wichtig ist, in Bewegung zu bleiben, sich nicht von der Trostlosigkeit ergreifen zu lassen. Nirgendwo zu sein.
Ich fliehe aus der großen Dunkelheit, jenem tintenschwarzen Bereich, der sich am Ende meiner Tage vor mir auftun wird. Ich fliehe vor der großen Frage, die der Tod all denen stellt, die regungslos verharren. Liegt in dem allen ein Sinn oder ist unser Dasein nur der Schatten

eines Traums oder der Fieberwahn eines wahnsinnig gewordenen Verstands? »Setz dich und warte«, schreibt die Großmutter der Enkelin auf der letzten Seite von *Geh, wohin dein Herz dich trägt.* »Atme so tief und vertrauensvoll, wie du an dem Tag geatmet hast, als du auf die Welt kamst, lass dich von nichts ablenken, warte, warte noch.«

Wie eine Pflanze, die, um zur Blüte zu gelangen, die richtige Menge an Licht und Wasser braucht, so benötigt das innere Leben Unbeweglichkeit und Geduld, um in der Wahrheit voranzuschreiten. Eine Entscheidung, die in Eile getroffen wird, stolpert sehr schnell über die eigenen Füße. Die Antworten, die aus der Masse des Angebotenen herausgezogen werden, unterscheiden sich deutlich von einer Wahl, die man trifft, nachdem man vieles anderes verworfen hat. Denn unser Verstand ist – im Gegensatz zur allgemeinen Auffassung – keine Quelle der Wahrheit, sondern der Verwirrung.

Um das zu verstehen, musst du nichts anderes tun, als versuchen, deine Gedanken zu befragen: Woher kommst du? Wer bist du? Wohin willst du mich führen? Du wirst sehen, einer nach dem anderen wird in sich zusammenfallen wie ein Soufflé, das aus dem Backofen genommen wurde. Der eine erwuchs aus der Angst, der andere aus dem Neid, und wieder ein anderer aus dem Verlangen nach Rache. Im Laufe der Befragung wird die Doppeldeutigkeit deiner Gedanken offenbar werden.

Und wenn dann vor deinen Augen die Wahrheit erscheint, in einer vollkommenen intellektuellen Definition, dann lege deinen Finger darauf und lass sie wie eine Seifenblase zerplatzen. Denn die

Wahrheit ist heller Schein und nicht Definition. Ihre Kraft kommt nicht aus dem Verstehen, sondern sie ist liebevolle Energie, die dem einen Geist entströmt.

Das Böse als Frage und das Böse als Antwort

14. März

Dieses Jahr zu Ostern wird der mächtige Eichenwald, den ich von meinem Fenster aus sehen kann, noch kahl sein. Die Eichen sind die letzten Bäume, die die Blätter verlieren, und sie sind auch die letzten, die sich wieder belauben und unserem Blick das zarte Grün ihrer Triebe darbieten. Im Frühling und im Sommer vergesse ich immer, wie trist die Kahlheit der Pflanzen im Herbst ist. Die dichten und dunklen Zweige scheinen am Himmel zu kratzen, das Gras auf dem Boden ist gelb und von Matsch durchzogen. Nur wenige Farbkleckse sind zu sehen – die Beeren der Hundsrose, das Pfaffenhütchen, die Federn eines Stieglitz.

Wenn ich mich an die Ostertage meiner Kindheit zurückerinnere, dann sehe ich milde Tage voller Sonnenschein. Die Bäume trugen schon Laub und die Vögel flogen geschäftig zwischen ihren Nestern hin und her. Man brauchte keinen Mantel und der Ausflug ins Grüne am Ostermontag war ein Vorgeschmack auf den Sommer.

Wer weiß, ob mein Gedächtnis mich trügt oder ob tatsächlich das »meteorologische« Ritual der Feste durch die klimatischen Veränderungen der letzten Jahre auf den Kopf gestellt wurde? Letztes Jahr fiel zu Ostern reichlich Schnee und in den Jahren zuvor war es auch nicht viel besser. Winterliches Dunkel zu Ostern bedeutet einen Widerspruch, da es das Fest des Lebens ist, das über den Tod siegt und triumphiert.

Wenn ich einen ganzen Nachmittag zu Hause bleibe, um fernzusehen, schreibst du mir, *bekomme ich richtige Angstzustände. Ich fühle mich deprimiert, deshalb halte ich so aus und rühre mich nicht. Aber je unbeweglicher ich vor dem Bildschirm verharre, umso deprimierter werde ich. Wie eine Katze, die sich in den eigenen Schwanz beißt. Ich sehe langweiliges, dummes, vulgäres Zeug, aber ich kann mich nicht dagegen wehren. Und dann all dieses Schlimme, immer nur Schlimmes. Jede Nachrichtensendung gleicht einer Schleuse, die sich öffnet und tonnenweise Leid und Verzweiflung, Grausamkeit und Tod auf einen schleudert. Wie kann man glauben, dass jemandem unser Schicksal am Herzen liegt, wenn die Welt so ist, wie sie ist? Warum greift er nicht ein? Vielleicht gibt es ja diesen Jemand gar nicht. Oder ist er vielleicht faul und ängstlich? Vielleicht hat dieser Jemand gar keine Lust zum Eingreifen oder kann es auch gar nicht. Und dann will ich nur noch tiefer in meinem Sessel versinken.*

Was du hier zum Ausdruck bringst, ist der letzte Schutzwall, an den sich viele Leute klammern, um keinen einzigen Schritt auf das verminte Terrain des Glaubens setzen zu müssen. Wenn es das Böse gibt, sagen sie, kann Gott nicht existieren, denn er ist definitionsgemäß gut. Die Religion ist also nur ein Märchen, um die Kinder und die Einfältigen ruhig schlafen zu lassen.

Bei dieser Behauptung fallen mir neue Fragen ein. Wie würde zum Beispiel eine Welt aussehen, in der nur das Gute existiert? Welches

Schicksal würde den Menschen in einer Welt zuteil, die bereits vollkommen ist? Und ferner: Fällt das Böse einfach vom Himmel oder tragen wir es in uns selbst? Wenn du aufmerksamer hinschaust, wirst du in der Tat feststellen, dass es sowohl das unausweichliche Böse gibt wie auch das, das man heilen kann. Das Böse als »Frage« und das Böse als »Antwort«. Das Böse als Frage sind die großen Katastrophen, die Krankheiten und der Missbrauch unschuldiger Körper. Auf dieses Böse, das stimmt, gibt es keine Antwort. Zumindest nicht hier und nicht jetzt, nicht in unserem begrenzten menschlichen Verstand. Das Böse als Antwort aber ist das Böse unserer Blindheit, die durch unser selbstverliebtes, narzisstisches und arrogantes Herz bedingt ist. Ich handle ausschließlich um meines Vorteils, meiner Privilegien, meiner Selbstverwirklichung willen und dabei übervorteile ich die anderen, ignoriere sie und nutze sie aus. Das wie eine Festung in sich abgeschottete Herz verspritzt, kurz gesagt, sein Gift, vergiftet sich dabei selbst und verunreinigt seine Umgebung.

Aber glücklicherweise gibt es gegen dieses Gift ein Gegengift. Ich kann meinem Egoismus, meiner Schlechtigkeit und meiner Schlamperei entgegenwirken, indem ich mich auf der Straße der Verwandlung in Bewegung setze, bescheiden werde und das Wort Dessen annehme, Der uns mehr als jeder andere das Wort gelehrt hat.

Verlorene Furcht und überflüssige Bedürfnisse

21. März

Genau heute, am Frühlingsanfang, bekomme ich deinen Brief, in dem du mich fragst, was mir am meisten Angst macht. Dies ist eine Frage, die mir oft – auch in Interviews – gestellt wird. »Was befürchten Sie?« – »Haben Sie auch eine Phobie?« Ich muss sie immer enttäuschen! Auch wenn ich als Symbol meines Charakters den Hasen gewählt habe, habe ich keine Phobien oder Ängste, die mein Leben paralysieren. Ehrlich gesagt, ich fühle im Grunde mehr Furcht als Angst. Ich gehe bedächtig, sehe mich immer wieder um und überlege sehr lange, bevor ich etwas tue.

Jedoch gibt es viele Dinge, die mir Sorgen machen. Am meisten beunruhigt mich die Situation, in der sich die Schöpfung befindet.

Durch mein Leben auf dem Land sehe ich Dinge, die ich lieber nicht sehen möchte. Apfelbäume und Flieder, die im November blühen. Maulwürfe, die nach oben kommen und an Mitteln zur Unkrautvernichtung eingehen. Zugvögel, die vergessen, rechtzeitig zur Wanderschaft aufzubrechen. Die Natur befindet sich in einem immer währenden Wandel, aber bis ins letzte Jahrhundert wurde jede Veränderung nur durch Impulse verursacht, die von der Natur selbst ausgingen. Erst im 20. Jahrhundert wurden die Eingriffe

des Menschen immer entscheidender. Doch die Motive für sein Handeln lagen weniger in dem Gedanken an ein Miteinander als in Ausbeutung.
Überheblichkeit, Unwissenheit und Gier sind die Kriterien, die die Beziehung zwischen Mensch und Umwelt bestimmen. Was macht es schon, wenn die Wälder sterben? Oder die Tiere verrückt spielen? Wenn die Pflanzen die Jahreszeiten nicht mehr erkennen? Wirklich wichtig ist, immer das letzte Handymodell zu haben, jedes Jahr ein neues Auto zu kaufen und den Urlaub auf der anderen Seite des Erdballs zu verbringen.
Leider hat auch die Kirche über lange Zeit ihre prophetische Rolle negiert. Worauf es ankommt, ist die Rettung des Menschen! Aber die Menschen werden nicht gerettet, wenn nicht gleichzeitig die Schöpfung gerettet wird. Sie werden nicht gerettet, wenn sie nicht in das verwunderte Staunen zurückfinden angesichts dessen, was rings um sie lebt. Wenn sie nicht die Ehrfurcht wieder entdecken, mit Freude die Schöpfung zu bewahren statt sie zu zerstören.
Was mich darüber hinaus noch beunruhigt, ist jene »übertriebene innere Freiheit«, die sich der Mensch heute selbst gestattet, seine Überzeugung, dass die Steigerung des persönlichen Wohlbefindens das höchste Ziel menschlichen Handelns sei. Ich muss glücklich sein, ich muss mich verwirklichen. Und es spielt keine Rolle, ob dies auf Kosten anderer Werte geht. Es gibt keinen göttlichen Richter mehr und auch kein Gewissen. Jahrzehnte der Psychoanalyse und Psychologie, nur halb verstanden und halb verdaut, und da haben wir den Salat. Ich handle für mich selbst und wie eine Amöbe auf

der ewigen, hektischen Suche nach Nahrung bewege ich mich durch mein Leben. Doch tatsächlich führt die unkoordinierte Bewegung der Amöbe in keinerlei Richtung. Wenn ich etwas verwirklichen will, muss ich nicht nur ein Projekt haben, sondern auch den Willen besitzen, es durchzuführen.

Der Wille! Gelegentlich, wenn ich dieses Wort höre, denke ich an bestimmte Muscheln, die am Strand zu finden sind. Die Muschel ist außen wunderschön, aber wenn du sie öffnest, ist ihr Inneres leer. Der einzige Wille, der uns erlaubt ist, ist der, der das Ziel hat, überflüssige Bedürfnisse zu befriedigen. Den richtigen Willen, der etwas bewirken kann, haben wir aus den Augen verloren. Denn der Wille ist eine strenge Disziplin und gedeiht in schlechtester Erde. In dem weichen, fruchtbaren Bett der Trägheit welkt er dahin, während ihn Mühe und Anstrengung zu üppigem Wachstum bringen. Der Wille erfordert Verzicht und auch Wachsamkeit, dazu die Bereitschaft, ständig Entscheidungen zu treffen. An jeder Abzweigung, an jeder Kreuzung entscheide ich mich für den einen Weg und nicht für den anderen. Ich gehe ihn nicht, auch wenn er einladender, weniger steil und sonniger ist und die andern mich tadeln, dass ich diesen Weg nicht gewählt habe.

Gesunder Menschenverstand und spiritueller Weg passen oft nicht zusammen, denn während der eine den Ausgleich mit der Welt sucht, verlangt der andere nach Distanz. Und beansprucht der eine den Vorteil des Überlebens, zielt der andere auf die Freude eines Lebens ohne Zeit. Eine Freude, die bereits hier in der Traulichkeit unseres Alltags gelebt werden kann.

Ostern

28. März

Du schreibst mir, dass du noch unentschlossen bist, was du in den Osterferien unternehmen sollst. Drei Tage Paris mit einer Freundin oder einen Vorgeschmack auf sommerliche Sonne bei deinen sizilianischen Vettern? *Es wird so sein wie immer,* stellst du fest, *vor lauter Unentschlossenheit werde ich den Zug verpassen und zu Hause bleiben, mit einer Laune, die immer düsterer wird. Aber warum müssen wir selbst an Ostern dem Druck der äußeren Zwänge unseren Tribut entrichten? Man muss sich bewegen, das Haus verlassen, wegfahren. Wenn du das nicht machst, kommst du dir wie ein Dummkopf vor. Außerdem löst dieses Kirchenfest nicht denselben wohlig entspannten Zustand aus, den uns das Weihnachtsfest vermittelt. Am 25. Dezember feiert man ein neugeborenes Kind, zu Ostern hingegen gedenken wir eines Mannes, der unter Qualen stirbt. Bekommt man da nicht Lust, meilenweit zu fliehen?*

Auch ich habe über den Aufbruchsdrang nachgedacht, den die Brückentage zu Ostern bei den Menschen auslösen. Hat dies vielleicht die italienische Volksweisheit verursacht: »Weihnachten mit den deinen und Ostern mit wem du willst«? Oder die Tatsache, dass es das erste verlängerte Wochenende ist, das einen Ausblick auf die

Sommersonne gibt? Wenn man Glück hat, kann man sogar schon braun werden.

In unserer Gesellschaft wurde die Zeit in zwei große Sektoren unterteilt: den der Arbeit und den der Freizeit. Sie bedrängen einander wie zwei schmelzende Eisplatten und lassen für nichts anderes Raum. So schleicht sich in unser Leben die ständige Angst: Werde ich denn genug gesehen, gereist und gekauft haben, hatte ich genügend Abwechslung oder hätte ich noch mehr haben können? Was kann ich mir für die nächsten Feiertage und den bevorstehenden Urlaub vornehmen?

Somit wird die Zeit ein Monster, das sich selbst auffrisst. Am Ende verschlingt es auch unser Leben und beraubt es seiner einzig wahren Bestimmung, der Stabilität und Besinnung.

Wie krank unser Verhältnis zu dem Phänomen Zeit ist, bemerkte ich, als ich vor ungefähr 20 Jahren zum ersten Mal in Israel war. Dort lernte ich den Respekt vor dem Sabbat kennen und habe ihn sofort lieb gewonnen. In meiner Erzählung *Solostimme* erklärt der Vater der Protagonistin den Grund dafür: »Sieh nur, es ist alles doppelt«, sagt er zu dem Mädchen. »Und weißt du, warum? Weil du heute, nur heute, mit zweierlei Augen siehst, mit deinen und mit denen der Seele.«

Sehen mit den Augen der Seele! Was für ein verzweifeltes Bedürfnis haben wir nach einem derartigen Blick, der über die Selbstverständlichkeit der Tage hinausreicht und weit in das Erstaunen taucht – einem Blick frei von der Vergänglichkeit der Zeit und verliebt in das Geheimnis.

Mit einem solchen Blick könntest du auch Ostern betrachten und vor das Grab Christi treten – von dem du sagst, es sei kalt – und entdecken, dass es im Gegenteil ganz warm ist, ja vor Hitze glüht. Und ein einzigartiges Licht geht von ihm aus, siegreich und fähig, die Ordnung der Welt umzukehren. Ostern ist nicht das, was du denkst – die makabre, strafende Leichenfeier eines Menschen am Kreuz –, sondern hier hat der Tod sich in Leben verwandelt. Und das nicht nur für den Mann, der vor 2000 Jahren hingerichtet wurde, sondern für jeden Menschen, von dem Augenblick an, da er das Licht dieser Welt erblickt.

Viele Leute sind – trotz Taufe und Firmung – davon überzeugt, dass der Dreh- und Angelpunkt des Christentums die Aufforderung sei, gut zu sein, und es sich gerade dadurch von den anderen Religionen unterscheide. Die Menschen sollen einander lieben und verzeihen. Aber das sagen alle Glaubensrichtungen, selbst die weltliche Ethik glaubt an ein Gewissen.

Der Schlüsselbegriff unseres Glaubens ist kein Substantiv und kein Adjektiv, sondern ein Verb zwischen Partizip und Infinitiv. Der Auferstandene und das Auferstehen.

Der Auferstandene fordert von uns, jeden Tag wieder geboren zu werden und uns von unserem kleinen, anmaßenden Ich zu befreien, um in uns ein größeres Du hervorzubringen. Dann würde alles, woran wir festhalten und was uns Sicherheit bietet, dahingehen und der Wüste Platz machen, die auf den Regen wartet. Auf jenes Wasser, das aus dem Himmel herabkommt und selbst den Sand erblühen lässt.

Kultur und Barbarei

4. April

Als ich heute in den Kalender blickte, dachte ich an meine Urgroßmutter. Sie wurde in den ersten Apriltagen in Marseille geboren, ich glaube, es war im Jahr 1882. Da sie an der Schwelle ihres 100. Lebensjahres gestorben ist, konnte sie alle Veränderungen des 20. Jahrhunderts miterleben. Ihr war die langsame Welt der Fußgänger und Kutschen vertraut, aber sie lernte auch die Hektik der Autos kennen. Sie war dabei, als die erste Schallplatte auf einem Grammophon krächzte und sah auch die ersten Schwarz-Weiß-Bilder auf dem Fernsehschirm. Es hat eine ganze Weile gedauert, sie davon zu überzeugen, dass man fernsehen kann, ohne selbst gesehen zu werden. Sie weigerte sich, den Fernseher anzumachen, wenn das Zimmer nicht aufgeräumt war oder sie den Morgenrock anhatte. Jedes Mal, wenn die Ansagerin »Guten Abend!« sagte, antwortete sie freundlich: »Auch Ihnen einen Guten Abend!«

Seit etwas mehr als einem Jahrhundert ist das Gaspedal der Geschichte bis zum Anschlag durchgetreten. Man braucht nur einen Blick auf die Verkehrsmittel zu werfen: Von der prähistorischen Zeit bis zur Mitte des 19. Jahrhunderts bewegte sich der Mensch ausschließlich durch seine eigene Kraft oder die der Tiere, die er domestiziert hatte, fort. Mit der Erfindung des Verbrennungsmotors änderte sich alles. Die Geschwindigkeit wurde geboren und von da an begann der Mensch, sich immer schneller zu bewegen. Diese Bewegung hat wie ein Tornado alle übrigen Aspekte des Lebens durcheinander gewirbelt.

Innerhalb kürzester Zeit haben uns die technischen Entwicklungen in eine Welt geschleudert, in der alles möglich ist oder zumindest zu sein scheint. Das führt zu großen Veränderungen um uns herum, die unsere Umwelt, unsere Beziehungen und selbst unser Wahrnehmungssystem beeinflussen. Die Hände sind schneller geworden, die Augen beweglicher und die Koordinationsfähigkeit zwischen Verstand und Körper hat sich gleichfalls verändert. Aber was hat sich in uns, in unserer tiefsten Seele verändert?

In dem Jahrhundert, in dem meine Urgroßmutter lebte, gab es zwei Weltkriege und außerdem eine große Anzahl an kleineren Konflikten. Auch das Jahrtausend, das noch kaum begonnen hat, wurde schon von pfeifenden Bomben und Explosionen heimgesucht: endlose Reihen verzweifelter Menschen, die sich mit ein paar Habseligkeiten in Sicherheit zu bringen versuchen; in einem anderen Teil der Welt jenseits des Ozeans Tausende von Opfern, die, gefangen in zwei Türmen aus Feuer, durch terroristischen Wahn in Stücke gerissen werden.

Das 20. Jahrhundert ist auch die Zeit, in der der Nationalsozialismus entwickelt und in die Tat umgesetzt wurde. Er entstand nicht irgendwo in einem verlorenen Land Zentralafrikas und er ist auch nicht das Ergebnis von Stammesfehden oder ein Produkt kannibalischer Völker. Nein, er kam in Deutschland zur Welt und wurde dort groß, im Land der Philosophie, der Musik und der Dichtung. Anfang der 20er-Jahre hatte die große europäische Kultur schon ihre Höchstform erreicht, aber das verhinderte nicht die Ausbreitung des Schreckens. Ganz im Gegenteil. Einmal fragte ich einen deutschen Freund, wie sein Vater auf diesen Wahnsinn reagiert hatte, der zu jener Zeit Professor für Philosophie an einer Universität war. »Wie soll er reagiert haben?«, antwortete er mir. »Wie alle anderen auch. Er machte weiter.« – »Und das heißt?« – »Er spielte zusammen mit Freunden in einem Streichquartett. Einer davon war Jude. Und eines Tages kam er nicht mehr.« – »Und dann?«, fragte ich ängstlich. »Nichts. Sie haben ihr Repertoire geändert. Statt Quartette spielten sie jetzt Trios. Was hätten sie sonst tun sollen? Man lebte in ständiger Gefahr.«

Die Szene von den drei Männern, die neben einem leeren Notenpult spielen, ging mir lange nicht aus dem Kopf. Diese Professoren, die sich so sehr auf ihre Partitur konzentrierten, wussten um die Schönheit der Musik und der Kunst, ebenso wie ihnen die Komplexität der Philosophie bekannt war. Aber menschlich waren sie in derselben Schwäche gefangen wie einst auch Petrus, der nach der Gefangennahme Jesu dreimal leugnete, einer seiner Jünger zu sein.

Dabei stellt sich mir ganz spontan eine Frage. Inwieweit sind Kunst und Philosophie überhaupt in der Lage, eine Veränderung des menschlichen Verhaltens zu bewirken? Kann die Kultur der Barbarei tatsächlich die Stirn bieten? Oder bildet sie nur ein schwaches Bollwerk?

Die individuelle Verantwortung

11. April

Diese so widerspruchsvollen Zeiten bringen uns dazu, uns die Frage nach unserer individuellen Verantwortung zu stellen. Auch wenn die Geschichte von den Großen, den Führern und den Nationen bestimmt wird, kann jeder Einzelne von uns durch seine Entscheidung und seinen Willen den verrückten Wunsch nach Zerstörung akzeptieren oder ablehnen.

Und wieder komme ich auf das Thema Nationalsozialismus zurück, da es das zwanghafte Leitmotiv meiner Kindheit war. Ich war etwas über zehn Jahre alt, als mein älterer Bruder, ein leidenschaftlicher Leser der »Illustrierten Geschichte«, mir nicht ohne einen gewissen Sadismus einredete, dass Hitlers Leiche nie in dem Bunker gefunden worden sei und er deshalb mit großer Wahrscheinlichkeit gerade in irgendeinem südamerikanischen Land die weltweite Neubelebung seiner Partei vorbereite. Diese Nachricht versetzte mich in Angst und Schrecken. Ich war vollkommen davon überzeugt, dass unter der Erde ein Tunnelsystem verlief, aus dessen Schächten auf ein vereinbartes Zeichen die Nazis mit Krallen an den Füßen und geifernden Mäulern wieder hervorträten, um erneut die Welt zu verwüsten. Wenn du meine Erzählung *Solostimme* gelesen hast, hast du sicher bemerkt, dass ich die Tochter der Protagonistin diese Idee äußern ließ. Ich dachte damals ständig: Wie verhält man sich, wenn sie wiederkommen? Sollte man sich verstecken? Oder so tun, als spiele man das Spiel mit, um die eigene Haut zu retten? Widerstand leisten? Und wenn sie jemand abholen, den man liebt? Gemeinsam mit dieser Person in den Tod gehen oder versuchen, sich zu retten? Ich quälte auch meine Schulfreundin, die neben mir saß, damit. »Was meinst du? Wie verhält man sich richtig?«

Eines Tages unterbrach uns unsere Lehrerin: »Worüber redet ihr gerade?« Nach meiner kurzen Erklärung war ihr Kommentar: »Papperlapapp! Ihr habt doch bestimmt über Mode gesprochen.« Wer weiß, warum die Erwachsenen nur so schwer akzeptieren können, dass Kinder tiefgründig sind! Jedenfalls haben diese Qualen meiner Kindheit in mir die Frage hinterlassen: Wo ist ein wirksames Gegengift gegen das ungeahnte Böse in der Geschichte, das plötzlich von außen über einen kommt und einen mitreißt?

In meiner Heimatgegend ist es üblich, beim Picknick am Ostermontag mit gekochten Eiern gegeneinander anzutreten. Man hält das Ei fest in der Hand und stößt es gegen das des Gegners. Gewonnen hat, wer es schafft, dass sein eigenes nicht kaputtgeht.

Viele denken, der Zusammenstoß zwischen dem Bösen und dem Guten erfolge direkt, wie bei den Ostereiern. Der Aufprall ist frontal und gewinnen kann man nur, wenn die Eierschale richtig hart ist und der Aufschlag kraftvoll und schnell erfolgt. Im Allgemeinen genügt es aber, sich anständig zu verhalten und positive Gefühle zu haben, zu lieben und Sinn für das Schöne zu entwickeln, um in der

Lage zu sein, sich der wilden Bestie zu widersetzen, die in uns und in der Geschichte schlummert. Man kämpft, kurz gesagt, gegen das Böse mit der spiegelbildlichen Beharrlichkeit des Guten. Und, es stimmt, das habe ich dir immer wieder geschrieben: Man wirkt in dem Augenblick dem Bösen entgegen, in dem man sich für das Gute entscheidet.

Aber worauf bezieht sich nun das Gute? Und auf was beruht es? Wenn es tatsächlich nur auf korrekten ethischen Prinzipien und philosophischen Überlegungen gegründet ist, könnte man es mit dem Raureif vergleichen, der sich über Nacht auf die Blätter legt: Bei den ersten Sonnenstrahlen verflüchtigt er sich.

Um den Wechselfällen des Lebens Widerstand zu leisten, müssen die Wurzeln des Guten weit über das Alltägliche hinausreichen, in eine metaphysische Welt, die die Dunkelheit unseres Raums erleuchtet. Nur unter dieser Bedingung ist es vielleicht möglich, sich aus der Zuschauerrolle hinauszubewegen und ein Zeuge der Hoffnung zu werden. Ich denke zum Beispiel an Josef Mayr-Nusser, den jungen Vater einer Südtiroler Familie, der es vorzog, hingerichtet zu werden, als Hitler die Treue zu schwören. Ebenso denke ich an all die anderen, die sich wie er in den stillen Winkeln der Geschichte ruhig und standhaft der Ausbreitung der mörderischen Barbarei widersetzten.

Die Suche nach dem Glück

18. April

Du hast mir einen Brief geschrieben, nachdem du von einem Spaziergang aus dem Park in der Nähe deiner Wohnung zurück warst. *Es grenzt beinahe an ein Wunder,* schreibst du, *dass der Rucksack voller Trauer, den ich immer mit mir herumtrage, verschwunden ist. Der Tag war wunderschön. Die Kinder spielten auf der Wiese und die Alten saßen auf der Bank und genossen die ersten warmen Sonnenstrahlen des Jahres. In den Rabatten sprossen schon Primeln und Veilchen und über mir öffneten sich gerade die zauberhaften weißrosa Kerzen der Rosskastanie. Als ich die Wege entlanglief, begann ich plötzlich – ohne mir dessen richtig bewusst zu werden – tief einzuatmen. Einige kostbare Momente lang hatte ich das Gefühl, aktiv an dem großen Prozess des Lebens teilzunehmen. Alles erglänzte um mich und sogar ich hatte Lust zu singen. Aber als ich den Park verließ, war diese Lust verschwunden. Die Luft war so schlecht, dass ich kaum mehr atmen konnte, und der Lärm der Autohupen war ohrenbetäubend. Zwei Autofahrer fingen heftig zu streiten an. Warum ist ein Glücksgefühl immer von so kurzer Dauer? Mehr noch: Gibt es das Glück überhaupt?*

Das Glück! Was für ein mythisches, außerordentliches und unbe-

greifliches Wort. Jeder Mensch strebt danach, aber es zu erreichen und zu definieren, ist sehr schwierig. Im Gegensatz dazu weiß man sehr genau, was das Unglück ist. Es ist die Verfassung, in der man in der Regel einen Großteil seines Lebens zubringt.
In dem Buch von Lina Schwarz, *Ancora e poi basta*, das ich als Kind immer wieder gelesen habe, gibt es einen Kinderreim, an den ich mich noch erinnere:

Was wäre, wenn ich ein Bäcker wäre?
Oh, aber der Backofen ist zu heiß.
Was wäre, wenn ich ein Maurer wäre?
Aber das ist ein so harter Beruf.
Und wenn ich ein Seemann wäre?
Aber vor dem Meer habe ich doch große Angst.

Das »Wenn« scheint das unentbehrliche Vorspiel zum Glück zu sein. Wenn ich größer, schlanker wäre … Wenn ich jemanden hätte, den ich liebte … Wenn ich ein Sieger, ein Fernsehstar wäre … Wenn ich eine Arbeitsstelle hätte, ein Haus … Wenn ich im Lotto gewinnen würde … Die Welt des »Wenn« ist ein Strudel, ein Abgrund, ein schwarzes Loch. Verliert man das Gleichgewicht auch nur für einen Augenblick, schon stürzt man da hinein. Aber hängt das Glück tatsächlich von den Dingen ab, die wir besitzen?
Wenn ich an vollkommenes, bedingungsloses Glück denke, fallen mir sofort meine Hunde ein. Ich habe, wie du weißt, sieben Stück zu Hause und jeder von ihnen verhält sich anders. Der Hirtenhund

ist glücklich, wenn der Abend kommt und er die Schafe von der Weide in den Stall treiben kann. Der Jagdhund bekommt leuchtende Augen, wenn ich mit ihm in den Wald gehe. Er ist der personifizierte Geruchssinn, und wenn seine Nase eine Spur aufgenommen hat, strahlt er vor Glück. Der Spitz ist zufrieden, wenn er mit durchdringendem Gebell einen Besucher ankündigen kann. Für den Neufundländer-Mischling ist es hingegen das größte Vergnügen, wenn er in den See springen kann. Und der hirngeschädigte Schäferhund? Er ist der lebende Ausdruck des Glücks, wenn er – wenigstens für einen Augenblick – ebenso wie die anderen rennen kann. Kurz gesagt, jeder Hund ist dann zufrieden, wenn er die Aufgaben, für die er geboren wurde, erfüllen kann.

Das sollte doch auch für uns gelten, meinst du nicht? Das Schlimmste ist, dass wir das vergessen haben. Wir haben unser innerstes Wesen ausgelöscht und erwarten, pflichtschuldigst bedient zu werden. Wir sind hier, um etwas zu bekommen, die Dinge sollen uns gegeben werden.

Und wenn der Weg zur Vollendung der Menschen unter dem entgegengesetzten Zeichen stünde? Wenn die Losung nicht Besitz, sondern Verlust hieße? Wenn nicht das Herrschen, sondern die Demut des Dienens uns Erfüllung brächte? Wenn wir statt fast perfekter Maschinen in einer sinnlosen Welt nur Kinder wären, die wieder den Weg zurück zum Haus des Vaters suchten? Vielleicht liegt das Glück in der Heimkehr dorthin?

Unser Land

25. April

Wir haben bereits den 25. April, das Fest der Befreiung von den Faschisten! Der Sommer steht praktisch vor der Tür. Als ich ein Kind war, liebte ich diese Zeit sehr. Ab Ostern folgte ein Fest auf das andere, die Bora schlief langsam ein wie eine Katze, die sich vor dem Kamin einrollt, und ließ uns endlich in Ruhe. Endlich konnte man auch die Mäntel und die Schals in den Schrank hängen. Bald würde vom Hafen der salzige Geruch des Meeres herüberwehen. Vor der Bar würden wieder all die wunderbaren Blechschilder mit den Fotos von den Eisbechern aufgestellt sein und nach Schulschluss könnten wir endlich in den Bus steigen, um zum Strandbad zu fahren.

Von dort aus sah ich die Schiffe ablegen und ich beobachtete die langsamen Bewegungen der Kräne in der Schiffswerft. Das Wasser war dunkel und düster, durchzogen vom Kielwasser, das durch das Öl in allen Regenbogenfarben schillerte. Stundenlang konnte ich dem Glitzern des Wassers zwischen den Brettern des Landungsstegs zuschauen.

Wie leuchtende Perlen reihten sich da Ostern, der 25. April, der 1. Mai, Pfingsten und das Fest der Republik wie an einem unsichtbaren Faden aneinander, der das winterliche Schulgefängnis mit der Bewegungsfreiheit des Sommers verband.

Ich hatte keine Ahnung, was für Feste das waren. Ich wusste nur, dass mein Großvater am 25. April und zum Fest der Republik am 2. Juni oben aus dem Schrank eine Holzkiste herausnahm – die früher wahrscheinlich Spirituosen enthielt – und daraus eine Fahne zog. Zu diesem Zeitpunkt war uns Enkelkindern der Sinn dieses Stücks Stoff überhaupt nicht klar. Ich kann mich an die plötzliche Wut meines Großvaters erinnern, als er uns auf dem Stuhl überraschte, wie wir gerade dabei waren, mit der Fahne für irgendein Spiel – ich weiß nicht mehr welches – herumzuhantieren. »Für diese Fahne«, sagte er, »sind sehr viele Leute gestorben! Das ist kein Lappen, sondern ein Symbol, das den allergrößten Respekt verdient!«

Er hatte in zwei Kriegen gekämpft, war mehrere Male verwundet worden und hatte mehrere Auszeichnungen bekommen. Wie hätte man an seinen Worten zweifeln können? Von diesem Tag an betrachteten wir die Fahne mit Ehrfurcht.

Sein eigenes Land gering zu schätzen, ist sehr beliebt bei den Intellektuellen. Wie oft habe ich in diesen Jahren sagen hören: »Wie kannst du hier bleiben? Man muss in Paris wohnen. Dort gibt es Kultur und Zivilisation. In Paris und in New York! Nicht in diesem zurückgebliebenen und korrupten Land der Mafiosi, das im Grunde faschistisch ist.« Ich habe immer gedacht, dass diese Aussage von provinzieller Engstirnigkeit zeugt.

Ich liebe mein Land. Es gibt keinen anderen Ort auf der Welt, wo ich leben möchte. Ich liebe es und leide, da ich trotz dieser Liebe meine

Augen vor seinen Fehlern nicht verschließen kann, sondern sie sogar noch weiter aufmache. Ich leide und ich ärgere mich. Wie soll ich einer Politik vertrauen, deren Vertreter die Zeit damit zubringen, sich gegenseitig zu beschimpfen, und damit die Intelligenz und Geduld all derer beleidigen, die ihnen dabei zuhören? In meiner Naivität glaubte ich, dass es überaus weiser, ausgeglichener und in diesem Bereich kompetenter Personen bedürfe, um das Gemeinwesen zu regieren. Aus denselben Gründen war ich auch der Meinung, dass jemand eine politische Karriere nur dann anstrebt, wenn er leidenschaftliche Liebe für sein Land empfindet und auch dazu bereit ist, ihm Opfer zu bringen, nicht aber die Absicht hat, das Konstruktive und Positive der gegnerischen Seite systematisch zu verleumden.

In diesem betrüblichen Kontext riskieren die wenigen, die ihre Aufgaben mit echter Hingabe erfüllen – die es glücklicherweise gibt –, ein ebensolches Ende zu erleben wie tönerne Amphoren, die zwischen Gefäßen aus Eisen stehen. Unser Land bewegt sich im Krebsgang vorwärts. Sobald es einen kleinen Schritt auf dem Weg der Zivilisation nach vorne gemacht hat, geht es sofort zwei zurück, aus Angst, die Wähler zu enttäuschen.

Die gemeinsame Währung hat uns für Europa geöffnet, aber der bürokratische Nebel unserer Gesetze lässt uns fast wie ein Land der Dritten Welt aussehen. Um sich das bewusst zu machen, reicht es, an die tatsächlichen Lebensbedingungen alter Menschen, Kranker und Behinderter, an die von Ausländern, Obdachlosen und Alleinerziehenden zu denken. Sie sind gezwungen – zwischen einem lückenhaften Sozialsystem, Missbrauch und Klüngelwirtschaft –, um

jenes Mindestmaß an Würde zu betteln, das normalerweise von der bürgerlichen Gesellschaft garantiert wird.
Zivilisation lässt sich nicht an klingender Münze, schönen Worten, der Zahl der Fernsehkanäle oder Wahlversprechen messen, sondern daran, welches Niveau der Würde des Lebens jedem einzelnen Bürger zugestanden wird.

Die modernen Denkmuster

5. Mai

Er war – und wie, bewegungslos
Nach letztem Hauche-Seufzer
Die Hülle lag, uneingedenk,
Verwaist von solchem Geiste:
So tief getroffen, starr erstaunt
Die Erde steht der Botschaft.

Stumm, sinnend nach der letztesten
Stunde des Schreckensmannes,
Sie wüsste nicht ob solcherlei
Fußstapfen Menschenfußes
Nochmals den blutgefärbten Staub
Zu stempeln sich erkühnten.

(Deutsch von Johann Wolfgang Goethe)

Ich bin sicher, auch du wärst in der Lage, mit nur wenig Mühe diese Verse aus *Der fünfte Mai* von Manzoni weiter zu zitieren. Es gibt keinen einzigen Italiener, der die Schule besucht hat und nicht automatisch am 5. Mai damit anfängt, diese Verse zu deklamieren. In diesen Jahren habe ich einen Test gemacht. »Rezitierst du mir *Das Unendliche* von Leopardi?«, bat ich meine Freunde. Und sofort legten sie stolz los: »Lieb war mir stets hier der verlassne Hügel … und … und …« Mit derselben Schnelligkeit stoppten sie, murmelten etwas Unverständliches, um dann, mit einem befreiten Aufatmen, zu schließen: »… und Schiffbruch ist mir süß in diesem Meere.« Wenn ich sie dann mit dem *Fünften Mai* herausforderte, ließen sie sofort die Trommeln wirbeln und deklamierten die Worte ohne auch nur einmal Luft zu holen.

Das Gedächtnis ist geheimnisvoll und bizarr, es behält nur, was einen eigentlich nicht interessiert, und vergisst, was man gerne behalten möchte. Ich habe einen Test gemacht mit einer holländischen Freundin. Es regnete und wir wussten nicht, was wir tun sollten. So fingen wir an, die Bücher in meiner Bibliothek durchzusehen. Es dauerte nicht lange, bis wir entdeckten, dass wir viele dieser Bücher beide gelesen hatten, auch wenn wir uns kaum mehr an die Handlung oder an die Personen erinnern konnten. Alles, was in uns zurückgeblieben war, war ein vages Gefühl, dass uns dieses Buch nicht gleichgültig gelassen hatte. Oft wussten wir allerdings nicht mehr genau, ob es uns bewegt, gelangweilt oder geärgert hatte. Am Schluss schauten wir uns an und brachen in Gelächter aus. Wozu hatten wir eigentlich all diese Bücher gelesen?

Einmal sagte eine Journalistin am Ende eines Interviews zu mir: »Also, jetzt verstehe ich, warum viele Leute Sie verachten. Sie reden über Kunst, Schönheit und Dichtung, als ob es Wahrheiten sind. Dinge, an die man glauben kann.« – »Und warum sollte ich das nicht tun?«, fragte ich sie. »Weil es nicht der Konvention entspricht«, antwortete sie ruhig.

Das genau ist eines dieser gewaltsamen Denkmuster, die die moderne Zeit den Menschen suggeriert hat – es gibt keine Grundlagen mehr, an die man glauben kann. Die einzelnen Dinge existieren nicht wegen des Sinngehalts, den sie in sich tragen, sondern dienen lediglich als »Zeichen« für etwas anderes. Alles ist Fiktion und deshalb einfach auseinander zu nehmen und wieder neu zusammenzusetzen. Das ist es, was die Intellektuellen tun: auseinander nehmen und wieder zusammensetzen – was nach ihrer Meinung eine äußerst vergnügliche Fähigkeit ist. Es ist nur ein Spiel und als solches ein Selbstzweck.

Von jeder spirituellen Empfindung losgelöst, verkümmert die Betätigung der Intelligenz rasch zu einer leeren, grausamen Übung. Meine Weisheit erlaubt es mir, mich auf ein Podest zu erheben, von wo aus ich die Überlegenheit des Aufgeklärten praktizieren kann. Ich kenne die Regeln und weiß, dass sie Kinder des Geistes und des Zufalls sind. Im besten Fall kann ich mit ihnen wie die Katze mit der Maus spielen. Glaube und Aberglaube, Illusionen und Sentimentalitäten sind Sache der anderen, jener Masse der Blinden und Unwissenden, eben der »anderen«, die Sartre als »die Hölle« definiert hat.

Blind, wie sie sind, werden diese Verfechter der Aufgeklärtheit niemals von einem Zweifel berührt. Ihr Leben verläuft in klaustrophobischer Langeweile, wobei sie davon überzeugt sind, dass dies die Essenz des Lebens ausmacht. Doch bringt ihr Überdruss nur Sarkasmus und Zynismus hervor, die sie ständig dazu benutzen, um alles, was keinen Platz in ihrer Weltanschauung hat, niederzumachen, in den Schmutz zu ziehen und zu verspotten. Das Staunen, die Dankbarkeit und die Freude machen sie zunichte. Doch sind sie zur gleichen Zeit nichts weiter als bedauernswerte Fliegen, die an einem Leimstreifen kleben, Gefangene in einem Netz aus unsichtbaren Fäden, in das sie sich selbst immer weiter verstricken. Je mehr sie herumzappeln, umso mehr verfangen sie sich darin. Und dann ist die Spinne im Anmarsch. Es bleibt keine Zeit mehr, um den Himmel zu betrachten oder dem Wind zu lauschen.

Die Augen der Seele

12. Mai

Ich habe deinen Brief bekommen, in dem du mir von der Erstkommunion deiner kleinen Cousine erzählst. *Der Tag war wunderschön und ich verbrachte angenehme Stunden zusammen mit meiner Mutter und einigen Verwandten, die ich seit langem nicht mehr gesehen hatte. Aber als ich abends heimfuhr, war ich unruhig. Das Mittagessen unter freiem Himmel war sehr schön gewesen, die Kinder hatten um die Tische herum Fangen gespielt, die Kommunionkinder stolz ihre weißen Kleider getragen, aber welcher Sinn lag darin? Es handelte sich um ein religiöses Fest und deshalb sollte es irgendwie – wie du sagst – mit dem Geist zu tun haben. Aber ich konnte nichts Geistiges spüren. Ich sah nur volle Bäuche, leere Gläser und unermüdliche Fotoapparate und Videokameras.*

Auch meine Nichte hatte vergangenen Sonntag Erstkommunion, in der deutschen Gemeinde von Hongkong. Wegen der großen Entfernung und meiner vielen Arbeit konnte ich leider nicht bei ihr sein, aber in der Zeit, die sie in Italien verbracht hatte, versuchte ich, sie auf dieses Ereignis vorzubereiten und nahm sie zum Gottesdienst mit. Das erste Mal traf es sie wie ein Schlag: Alles war neu, die Umgebung und das Verhalten der Gläubigen. Statt unruhig zu sein, wie es Kinder oft sind, war sie in sich versunken und still. Nur als die Kommunion ausgeteilt wurde, zog sie mich am Arm und flüsterte erstaunt: »Tante! Der Priester isst *Chips!*«

Welchen Raum lässt eine vollständig säkularisierte Welt überhaupt noch den Festen, die den Weg des Glaubens begleiten? Wer erinnert sich schon daran, dass eine »andere« Dimension existiert, die sich nicht in weltlichen Tatsachen erschöpft, sondern die Zeichen eines Geheimnisses in sich trägt? Eines Geheimnisses, das stille Aufmerksamkeit und Staunen verlangt und das unserem Leben Sinn, Freude und Vollendung verleiht.

Sowohl Taufe als auch Kommunion, Firmung und Hochzeit haben sich in rein gesellschaftliche Ereignisse verwandelt, sie sind nichts als pflichtgemäße Stationen, die jeder wie eine Art Spießrutenlauf absolvieren muss, um im normalen Leben akzeptiert zu werden. Aber wie alle rituellen Pflichtübungen können sie bei sensiblen Menschen sehr widersprüchliche Gefühle auslösen. Warum, fragt man sich? Warum sind wir gezwungen, all dies zu tun? Gibt es einen Sinn? Und wenn es ihn gibt, worin liegt er?

Kannst du dich erinnern, wie wir über den jüdischen Sabbat und den doppelten Blick geredet haben? Tatsächlich meine ich, dass wir, um die Sakramente zu verstehen und uns der Wahrheit zu nähern, jene Augen wieder aufmachen müssen, die wir allzu lange geschlossen oder vielleicht niemals geöffnet haben. Die Augen der Seele. Die Augen der Definitionen und des rationalen Verstehens haben wir immer ganz weit geöffnet gehalten. Wir betrachten die Dinge und sagen zu uns selbst: »Nein, an so etwas kann man nicht glauben.«

Aber der Glaube ist nicht an der Welt des Möglichen interessiert! Er hat es vielmehr auf die des Unmöglichen abgesehen, die plötzlich möglich wird. Ohne diese Dimension besteht die Taufe nur aus kaltem Wasser, das über den Kopf gegossen wird, ist die Kommunion eine Art von Imbiss für festlich gekleidete Kinder und die Hochzeit der mit großem Aufwand verbundene Tausch zweier Ringe, die bald zur Fessel werden.

Unsere fortschreitende Lebenszeit muss, um zur Reife zu gelangen, auf filigrane Art durchlässig werden für eine andere Dimension, deren Wirken uns mit Hilfe der Sakramente und der aus ihnen kommenden Gnade verwandelt. Und dann wird diese Gnade – zu unserem Glück – herabsteigen zu uns, selbst wenn wir, anstatt zu beten, nur schlemmen und fotografieren.

Manchmal kommt mir die Gnade wie ein kleiner Holzwurm vor, der sich, ohne dass wir es bemerken, in uns hineinbohrt. Während wir unser gewohntes Leben leben, wirkt sie und gräbt langsam, ganz langsam in unserem Inneren in Stille und Dunkelheit eine Vielzahl von Tunneln, die unsere Sicherheit unterminieren. Selbst wenn wir uns immer noch stark fühlen, sind wir es nicht mehr. Ein Windstoß genügt, um alles zusammenbrechen zu lassen, so dass wir plötzlich feststellen, dass wir nackt, heimatlos und ohne jede Perspektive sind. Und siehe da, mit einem Schlag werden wir plötzlich wach.

Dein innerer Meister

19. Mai

Schon ist Pfingsten, das Aschenputtel-Fest des christlichen Kalenders! Während Ostern und Weihnachten selbst für die Menschen, die nicht glauben, zu Angelpunkten des Kalenderjahres geworden sind, geht Pfingsten in unserer säkularisierten Welt vollkommen unbemerkt vorüber. Es fällt immer auf einen Sonntag. Und es löst keinen Kaufrausch aus. Folglich findet es in den Medien kaum Erwähnung. Im äußersten Fall bringt einem die Pfingstzeit zum Bewusstsein, dass demnächst der Sommer beginnt und es an der Zeit ist, seinen Urlaub zu planen. Außerdem, wie du zu Recht feststellst, *versteht man nicht, was die kleine weiße Taube dabei soll. Was hat sie damit zu tun? Wer ist sie? Will sie uns irgendetwas sagen oder dient sie bloß der Dekoration?*

Als ich ein Kind war, teilte ich deine Verwirrung. Als ich in die Grundschule ging, wurde die Dreifaltigkeit in meiner Fibel durch ein Dreieck mit goldenem Rahmen dargestellt, das mitten am Himmel hängt. Oben war der »Chef«, Gottvater, und unter ihm, an den beiden Spitzen, Jesus Christus und eine weiße Taube. Manchmal war im Zentrum das große Auge eines alten Mannes mit weißen Augenbrauen zu sehen – das überhaupt nicht beruhigend wirkte. Über den Chef wussten wir, dass er allmächtig war, und ich persönlich fand seine unendliche Kraft ein bisschen unheimlich, da er liebevollen Vätern befahl, die eigenen Kinder wie Ziegen zu schlachten. Von der Geschichte Jesu kannten wir den gesamten Verlauf zwischen Weihnachten und Ostern, aber über die Taube wussten wir, abgesehen von ihrem Namen »Heiliger Geist«, den wir beim Kreuzzeichen immer nannten, überhaupt nichts. Was hat dieses sanfte Geschöpf, das als Repräsentant einer anderen Lebensordnung dient, mit den schrecklichen Geschehnissen um Schmerz und Tod, Macht und Leiden zu tun, die wir immer wieder erzählt bekamen?

Ich glaube, dass der Religionsunterricht heute anders gestaltet wird, aber zu meiner Zeit wurde auf das Auffassungsvermögen von Kindern wenig Rücksicht genommen. Man musste die Geschichten auswendig lernen, um die Fragen beantworten zu können. Dass diese Geschichten – mit wenigen Ausnahmen – Angst und Langeweile in mir auslösten, interessierte niemanden. In meinem kindlichen Geist hatte ich das Mysterium und die Gnade des Lebens bereits erahnt, auch wenn ich in den endlos langen Religionsstunden niemals ein Wort darüber hörte. Es gab Gesetze und Pflichten und Dinge, die sich mit der Vernunft nur schwer vereinbaren ließen, an die man aber gezwungenermaßen glauben musste, weil sie zu Dogmen erklärt worden waren. Und damit hatte es sich.

Zum Glück gibt es den Heiligen Geist! Er ist es, der die Fehler korrigiert, die Dummheit auslöscht und den Nebel lichtet. Er ist es, der uns Menschen in allen Fällen zur Wahrheit des Lebens führt. Um ihn zu erklären, musst du nicht in den Büchern suchen, auch wenn dort viele perfekte und faszinierende Definitionen zu finden sind. Jedoch lassen sie sich in keiner Weise mit der belebenden Realität vergleichen, die er in dein Leben bringen wird, wenn du es verstehst, ihn in dir aufzunehmen. Auch wenn du ihn ignorierst oder verleugnest, wird er doch immer in dir sein. Als innerer Meister lebt er in deinem Herzen. Hast du das noch nicht bemerkt? Bist du noch nie in einem Bergwald spazieren gegangen, wenn Schnee fällt? Solange du dich bewegst und dem Geräusch deiner Schritte und deines Atems lauschst, wirst du um dich herum nur eine herrliche Landschaft erblicken. Möchtest du aber über diese ästhetische Empfindung hinausgelangen, musst du stehen bleiben. In diesem Augenblick und in der plötzlichen Stille wirst du hören, dass der Wald eine Stimme hat. Sie besteht aus einer Vielzahl von leisen Geräuschen wie Rascheln, Rauschen und Ticken, in die sich ein dumpfes Klopfen mischt. Mir erscheint es wie ein gewaltiges Atmen, das meinen kleineren Atem aufnimmt. Die Stimme des Heiligen Geistes erinnert sehr an die Stimme des Waldes, sie ist sanft, stetig und tief.

Der Geist gibt uns das Leben und lebt in uns. Er ist es, der uns ein lebendiges Herz schenkt, einen aufmerksamen Blick und die Tränen, die unsere Zeit abgeschafft hat. Und plötzlich werden die Augen lebendig und sehen! Das Herz erweicht sich und beginnt zu fühlen! Und dann beginnen unsere Tränen zu fließen, aus Freude, Reue und Rührung. Sie fließen, weil wir uns für Gefangene hielten. Dabei sind wir frei und können endlich den Glanz und die Fülle, die das Leben uns in jedem Augenblick bietet, statt sie zu verleugnen, annehmen.

Der Virus der Mumifizierung

26. Mai

Nach so vielen Jahren der Hingabe vernachlässige ich jetzt zum ersten Mal meinen Garten. Keine großen Manöver wie sonst. Statt im Februar schon mit dem Samen in der Hand herumzulaufen, habe ich meinen Garten mit einer dicken Strohschicht abgedeckt, um ihm Erholung zu gönnen. Ehrlich gesagt, mir erscheint es sonderbar, ihn so ruhig daliegen zu sehen, während um ihn herum – gerade in den Gärten der Nachbarn – immer üppiger die Vegetation sprießt. Um die Leere zu füllen, habe ich hier und da einige Blumen angepflanzt, ein paar Ringelblumen, ein wenig Schwarzkümmel und riesige Sonnenblumen, die mir eine Freundin aus Jerusalem mitgebracht hat. Ein Sabbatjahr ist für die Erde nicht schlecht, ganz im Gegenteil, die Pflanzen scheinen danach viel kraftvoller zu wachsen. Allerdings ist diese Einsicht nicht meiner Weisheit entsprungen, sondern gehorcht der Notwendigkeit. Wie du weißt, habe ich das Angebot angenommen, als Regisseurin einen Film zu drehen, und da die Aufnahmen länger dauern, werde ich über Monate nicht zu Hause sein. Dann folgen der Schnitt, die Synchronisation und die Mischung. Ich werde also erst wieder zurückkommen, wenn der Frühling schon begonnen hat. Und dann werde ich es sein, die sich ein Sabbat-Jahr gönnen wird!

Ehrlich gesagt, mir kommt das alles noch ganz unwirklich vor. Ich kann mir nicht vorstellen, dass ich so bald schon auf dem Film-Set stehen und sagen werde: »Klappe! Film ab! Und Action!« Nach so vielen Jahren, in denen ich ganz allein in meinem Arbeitszimmer gesessen und geschrieben habe, freue ich mich jetzt darauf, in einem Team in eine neue Dimension von Kreativität und Aktivität vorzustoßen. Seit ich vor Monaten nach langem Überlegen diese Herausforderung angenommen habe, haben mich viele Leute gefragt: »Hast du keine Angst? Und wenn du alles falsch machst? Wenn du deine Karriere ruinierst?« Das Schreckgespenst, das dieser Frage innewohnt, paralysiert uns in dieser Zeit. Ich habe Angst, ich kann das nicht, ich fühle mich nicht in der Lage. Wie oft sind diese Worte um uns zu hören?

Mir sind sie vor ein paar Wochen in einer Pizzeria zu Ohren gekommen, als ich eine etwa 40-jährige Frau am Nachbartisch plötzlich sagen hörte: »Ich hätte so gerne ein Kind, aber ich fühle mich einfach nicht bereit dazu … *(tiefer Seufzer)* Um mich an die Verantwortung zu gewöhnen, werde ich mir vielleicht einen Hund zulegen … Aber … *(noch ein tiefer Seufzer)* auch dazu fühle ich mich nicht bereit.«

Es sieht fast so aus, als hätte sich auf dieser Welt eine neue Epidemie ausgebreitet: der Virus der Starre und Mumifizierung. Man wickelt sich in Binden, kriecht in einen Sarkophag und wartet darauf, dass das Leben an einem vorübergeht. Wir halten still und riskieren nichts. Wir halten alles fest, was wir besitzen, und machen nur winzige Schritte, um unser Überleben nicht zu gefährden. Aber was hat das alles für einen Sinn? Selbst wenn man ein Leben lang mit der Strömung schwimmt, wird man am Ende doch vom Tod ereilt. Das ist der Humus, so zumindest habe ich den Eindruck, aus dem die Starre der Mumifizierung erwächst: Jeder weiß, dass das Ende auf ihn zukommt. Aber ich weigere mich, mich damit zu beschäftigen, es interessiert mich auch nicht zu verstehen, warum ich das Licht dieser Welt überhaupt erblickt habe und was ich auf der Erde soll. Mehr schlecht als recht schlage ich mich durch mein Leben, immer sorgsam darauf bedacht, mich nur ja nicht dem Abgrund zu nähern. Ich bin ohnehin davon überzeugt, dass dahinter nur noch das Nichts ist. Und wenn der Tod das Nichts ist und kein Rätsel, dann ist am Ende alles unnütz, leer und bedeutungslos. Was für einen Sinn hat es dann, sich für etwas besonders einzusetzen? Sich anzustrengen, etwas zu riskieren, sich auf etwas einzulassen, wofür? Besser, viel besser ist es doch, sich nur laue Gefühle zu erlauben.

Es geht nicht darum, im Namen einer scheinbaren Überlegenheit seine Angst zu verleugnen, sondern sie als den entscheidenden Gärstoff anzunehmen. Gerade weil ich oft furchtsam bin, nehme ich die Herausforderung an. Nur so entdecke ich die in mir schlummernden Talente und wende sie nutzbringend an.

Die Prophylaxe gegen den Virus der Starre ist das Gebet. Deshalb schicke ich dir eines, das vor mehr als zwei Jahrhunderten Rabbi Nachman aus Breslau geschrieben hat: »Lehre mich, mit einem neuen Anfang zu beginnen, die Muster von gestern zu zerreißen, aufzuhören, zu mir selber zu sagen: ›Ich kann nicht‹, wenn ich doch kann, ›Ich bin nicht‹, wenn ich doch bin, ›Ich bin blockiert‹, wenn ich völlig frei bin.«

Diener oder Kinder

2. Juni

Wie jedes Jahr werden wir zu dieser Zeit von einer Art Trägheit erfasst. Vielleicht ist das noch ein Erbe aus der Schulzeit – die ersten Junitage bildeten bereits den Vorposten der sommerlichen Erholung, die uns erwartete. Oder sind die Ursachen in den klimatischen Veränderungen zu suchen, die unsere Körper und Seelen so tief zu beeinflussen imstande sind?

Für die Natur stellen der Mai und der Juni Monate des Triumphs dar. Wie ein riesiges Meer wogen die Getreideähren auf den Feldern. Das Laub an den Bäumen strotzt in Fülle. Die Vögel fliegen zwischen ihren Nestern hin und her und das Licht ist kristallklar, von außerordentlicher Intensität und weit entfernt von der sengenden Hitze des Sommers. Vorbei die Zeit der Bücher, der Mühe und der Hausaufgaben! Man hat nur noch den Wunsch, sich auf der Wiese auszustrecken, ins Gras zu sinken und sich im Flug der Schwalben und Meerschwalben zu verlieren.

Du warst erstaunt, dass ich dir zusammen mit dem Brief ein Gebet geschickt habe. Mehr als erstaunt, beunruhigt. *Die Worte sind schön,* schreibst du mir, *aber was mache ich damit? Es kommt mir vor, als hätte ich ein Spielzeug in der Hand, von dem ich aber nicht weiß, wie es funktioniert. Als ich das letzte Mal gebetet habe, war ich in der Mittelstufe. Es war für eine Mitschülerin, die schwer erkrankt war. Jeden Nachmittag kniete ich mich auf den Boden meines Zimmers nieder und flehte: »Ich bitte dich, mach sie wieder gesund.« Um glaubwürdiger zu sein, habe ich den ganzen Sommer darauf verzichtet, Eis zu essen. Aber alles war umsonst. Bei ihrer Beerdigung weinten alle, während ich eigentlich nur schreien wollte. All diese Worte und Gesänge erschienen mir wie eine lachhafte Inszenierung. Sie wollte leben, wollte nicht mit unnützen Sprüchen ins Gedächtnis gerufen werden. Und die Gebete der Menschen, die sie liebten, waren das nicht auch nur leere Worte, Worte, die niemand hörte?*

In einer zerstreuten Welt, die so weit von der Betrachtung des Mysteriums entfernt ist, begibt sich jemand erst auf den Weg, der zum Beten führt, wenn er plötzlich von unerwartetem Leid getroffen wird. Plötzlich bemerken wir, dass nicht alles in unseren Händen liegt, und in der Angst, die uns dann überfällt, richten wir unsere Augen zum Himmel empor. Es muss doch jemand dort oben sein. Und da man ihn als allmächtig bezeichnet, muss er uns dafür jetzt den Beweis liefern. Wenn wir schon unsere Hausaufgaben machen und dich brav anflehen, dann musst du auch deine Aufgaben erfüllen und uns erhören! Andernfalls hieße das, dass du ein Schwindler und überhaupt nicht allmächtig bist. Oder noch schlimmer, dass du dich für uns und unser Leid überhaupt nicht interessierst. Warum sollten wir uns dann für dich interessieren?

Welch ein winziges Herz, welch eine ausgetrocknete, kleine Nuss tragen wir in unserer Brust. Ständig sind wir dabei, etwas zu tauschen oder einzuwechseln. Wir wollen etwas für etwas anderes haben. Vor lauter Angst, ständig aufs Kreuz gelegt zu werden, bewegen wir uns mit der allergrößten Vorsicht. Der CHEF will uns nicht gehorchen? Also werden wir auch dem CHEF nicht gehorchen. Wir schauen nicht mehr nach oben und auch nicht nach links und nach rechts. Wir stieren nur auf unseren Bauchnabel und wälzen dabei böse Gedanken.

Nach einer solchen Erfahrung, wie du sie gemacht hast, haben die meisten Leute nur noch eins im Sinn – jegliche Verbindung zum Transzendenten aufzugeben. Es dient zu absolut nichts, daher ist es auch unsinnig, seine Zeit darauf zu verschwenden. Aber »dienen« hat leider auch mit dem Begriff »Diener« zu tun. Doch im Unterschied zum Kind ist der Diener nicht in der Lage, einen Wert zu verstehen, der nicht mit Geld aufgewogen werden kann. Da sein Herz und sein Verstand ständig damit beschäftigt sind, seine Vorteile zu berechnen, vermag er seinen Blick nicht zum Himmel zu richten und zu staunen.

Daher sollten wir uns, bevor wir uns in irgendeiner Weise äußern oder handeln, fragen, was wir tatsächlich sein wollen: Kinder oder Diener? Gehen wir das Risiko ein, uns zu öffnen, oder ziehen wir das kalte Licht des geschlossenen Raumes vor? Weißt du, wie du das herausfinden kannst? Am besten, indem du dich auf eine Wiese legst. Lege dich da hinein und betrachte alles, was dich umgibt, die Insekten, die Blumen, die Bäume und die Vögel. Um dich herum gibt es ein solches Übermaß an Schönheit, Harmonie und Geheimnis. Was für ein Gefühl empfindest du in deinem Herzen? Gleichgültigkeit,

Groll oder Freude? Das, was du siehst, ist es Verschwendung oder ein Geschenk? Fühlst du Protest oder Dankbarkeit in dir? Und während du in den Himmel schaust und vielleicht meinst, deine Zeit zu vergeuden, bist du bereits mitten im Gebet.

Der bequeme Weg

6. Juni

Du verbringst Stunden über deinen Büchern, aber was am Ende des Tages in deinem Kopf hängen bleibt, so schreibst du, ist wenig bis gar nichts. Bald wird an der Schule für Physiotherapie die Aufnahmeprüfung beginnen, dabei fühlst du dich so unsicher wie noch nie. *Mir ist, als hätte ich immer einen kleinen Teufel an meiner Seite, der mir ins Ohr flüstert: »Was machst du denn da? Warum verschwendest du deine Zeit? Das Leben ist voll von Dingen, die wesentlich interessanter sind!«*

Bei deinen Worten kamen mir sofort wieder einige Bilder aus meiner Grundschulfibel in den Sinn. Besonders gut habe ich das Bild eines Kindes in Erinnerung, das sich plötzlich an einer Weggabelung befindet. Rechts und links über ihm schweben ein Engel und ein kleiner Teufel.

Während der Teufel ihm etwas ins Ohr flüstert, weist ihm der Engel den Weg, den er gehen soll.

Wie sehr uns auch in den letzten 20, 30 Jahren die Tiefenpsychologie und die Psychoanalyse den Ursprung unseres Verhaltens bis ins letzte Detail erklärt haben, so fest bleibt doch das Bild des kleinen Dämons in uns verankert. Mit der Kraft unseres Willens und unserer Wünsche entscheiden wir uns für einen bestimmten Weg – und plötzlich raunt uns eine innere Stimme etwas zu und in uns beginnt sich der Zweifel zu regen. Kannst du dir dessen wirklich sicher sein? Wäre es nicht besser, wenn …? Und das Schlimme dabei ist, dass sie keine Dummheiten von sich gibt, sondern vernünftige, wohl abgewogene, berechtigte Dinge. Da kann man doch nichts dagegen sagen. Man braucht schon eine gutes Urteilsvermögen, um sich darüber klar zu werden, dass das, was die Stimme sagt, nur scheinbar richtig und vernünftig ist. Hat man dagegen kein Urteilsvermögen, gibt man nur allzu leicht den beharrlichen Einflüsterungen dieser Stimme nach. Und – abgesehen von einem kaum greifbaren Gefühl des Unbehagens – ist man auch tatsächlich davon überzeugt, den richtigen Weg gewählt zu haben, weil er der einfachere und schnellere ist.

Dabei fällt mir eine Geschichte aus der Welt des Kampfsports ein. Ein Meister, der auf der Straße spazieren ging, sah einen seiner besten Schüler aus der U-Bahn-Station herauskommen und dabei die Rolltreppe benutzen. Sein Schmerz und seine Entrüstung waren groß. Hatte der Schüler denn in den vielen Jahren der Praxis außer der formalen Wiederholung seiner Techniken nichts gelernt? Die hatte er gut, sehr gut sogar ausgeführt, doch blieben sie leer, ohne Geist und ohne richtige Kraft.

Verstehst du, welches das Problem und der Stein des Anstoßes waren? Die Rolltreppe! Hätte der Schüler die richtige Einstellung gehabt, wäre er zu Fuß die Treppe gegangen. Dann hätte er sich der Anstrengung gestellt und sich bemüht, sie zu überwinden – und er hätte nicht den bequemeren Weg gewählt.

Wenn wir unser inneres Leben erobern wollen, müssen wir bei den kleinen, den praktischen Dingen beginnen. Ich nehme die Treppe und nicht den Aufzug. Ich stehe lieber mit einem Gefühl des Hungers als der Völle vom Tisch auf und drehe die Klimaanlage oder die Heizung nicht bis zum Anschlag auf, sondern ertrage das bisschen Wärme oder Kälte.

Ständig dem Wunsch nach körperlicher Bequemlichkeit nachzugeben bedeutet, den Geist in einen Nebel der Stumpfheit zu stoßen. Welch große Worte führen wir doch ständig auf den Lippen, während sich dahinter bloß das Metallgerüst einer Schneiderpuppe verbirgt. Der Körper liebt es, verwöhnt zu werden, und je mehr er bekommt, umso mehr verlangt er.

Unsere Gesellschaft flieht vor der Anstrengung, als ob sie das schlimmste Schreckgespenst wäre. Jeder Weg, den wir beschreiten, muss einfach und überschaubar sein und sofort von Erfolg gekrönt werden. Die Ergebnisse einer solchen Einstellung sind leider unübersehbar – eine fragile, kranke Gesellschaft von höchster Dekadenz, die nicht mehr imstande ist, sich zu verteidigen. Eine Gesellschaft, die allen Versuchungen nachgibt, nur der Anstrengung nicht. Dabei sind Anstrengung und Mühe die Essenz unseres Lebens und die aller Geschöpfe. Ohne Mühe ist es nicht möglich, etwas aufzubauen. Und ohne den Wunsch aufzubauen, ist jedes Leben sinnlos. Und dann sind wir der Verzweiflung, den Depressionen und Panikattacken ausgeliefert. Wir fühlen uns wie Treibgut in einem Strom.

Zwischen Glühwürmchen und Sternen

13. Juni

Ich bin in die Berge gegangen, um die letzten Drehorte für meinen Film zu finden. Ich laufe den ganzen Tag herum, und wenn ich zurück nach Hause komme, bin ich im wahrsten Sinn des Wortes fertig. Erst nach dem Abendessen schaffe ich es, ein bisschen Lebenskraft wiederzugewinnen, die ich dazu benutze, deinen Brief zu beantworten.

Ich sitze auf dem kleinen Balkon meines Zimmers und schreibe an dich. Um mich herum ist nur Stille. In der Luft der Geruch von Kräutern, Nadelbäumen und Kühen. Vor mir erhebt sich wie ein unermesslicher Eisberg aus Stein die Wand eines Dolomitenmassivs. Einst gab es an dieser Stelle statt der Häuser und Wälder einen tropischen Ozean, in dem die ersten Krebstiere schwammen und all die Mikroorganismen, aus denen sich später die übrigen Lebensformen entwickelten.

Die Nacht ist jetzt klar. Die schimmernden Kondensstreifen der Flugzeuge verbinden sich zu unsichtbaren Linien, während noch weiter oben die Sterne und unten in den Wiesen, wie immer zu dieser Jahreszeit, die Glühwürmchen funkeln. Unten und Oben spiegeln wie stumme Zeugen des uns umgebenden Geheimnisses einander wider.

Nach Ansicht meines Vaters könnte man die Schöpfung mit einem großen Buch vergleichen, bei dem die zwei wichtigsten Seiten herausgerissen wurden: die erste und die letzte. Wie nur hat alles angefangen? Darüber wurden mehr oder weniger glaubwürdige Hypothesen entwickelt, wenn auch über keine davon Sicherheit besteht. Und wie wird es enden? Auch das wissen wir nicht. Ebenso wenig, wie wir wissen, wie unser Leben wird. Wo war unsere Seele, bevor wir geboren wurden? Und wohin wird sie nach unserem Tod gehen? Natürlich können wir uns irgendwelchen Hoffnungen und Träumen hingeben, aber um ehrlich zu sein, wir können niemals sagen: So ist es wirklich.

Wir befinden uns hier in der Dunkelheit, irgendwo zwischen der Poesie der Glühwürmchen und der Flammenglut der Sterne. Nach ihnen greifen wir, wenn wir uns etwas wünschen. Und wenn einer herabfällt, gehen unsere Wünsche in Erfüllung. War es nicht ein Komet, der uns die Geburt des Heilands angekündigt hat?

Vor einigen Wochen, bevor ich hier herauf in die Berge kam, war ich in Triest und unternahm einen langen Spaziergang mit einem alten Freund. Wir gingen auf dem Feldweg, der von den Schwarzkiefern auf dem Karst zu den Klippen führt, dort, wo Rilke seine *Duineser Elegien* geschrieben hat. Da ich meinen Freund seit einiger Zeit nicht mehr gesehen hatte, verbrachten wir die ersten Stunden damit, Neuigkeiten auszutauschen. Erst als schon die Brandung des Meeres zu hören war, blieb er stehen und sagte: »Wenn ich mir dein Leben so betrachte, gibt es nur eines, was ich mir davon wirklich wünsche. Das ist weder deine Kreativität noch dein Erfolg, sondern dein Glaube.«

Es ist komisch, aber fast gewinne ich den Eindruck, dass der, der das Geschenk des Glaubens besitzt, über ein Geheimrezept verfügt, das er gerade den Skeptikern offenbaren sollte. Man vergisst oder ignoriert, dass der Glaube ein Mysterium ist. Erinnerst du dich, was Pater Thomas in *Geh, wohin dein Herz dich trägt* erwidert, als die Protagonistin ihm die Frage stellt: »Was macht man, um zum Glauben zu gelangen?« »Das macht man nicht«, antwortete er, »der Glaube kommt von selbst.« Damit der Glaube zu uns kommt, muss man keinen Schlachtplan, keine Programme oder sonstigen Strategien entwickeln. Stattdessen sollte man loslassen, sich richtig fallen lassen. »Wenn Sie unter der Eiche sitzen, seien Sie nicht Sie selbst, sondern die Eiche, (…) auf der Wiese die Wiese, unter den Menschen mit den Menschen.«

Unser Rationalitätswahn entfernt uns oft von den großzügigen Gaben des Heiligen Geistes. Ich will, ich will, ich will. Diese Einstellung wird, obwohl sie in unserem Leben eine so große Rolle spielt, auf unserem spirituellen Weg allzu leicht zum Ballast.

In dem Augenblick, in dem ich keine Wünsche mehr habe, kommt Er zu mir. Erst dann verstehe ich, dass Sein Weg der einzige Weg ist, den ich gehen will. Es ist der Weg, den er für mich bestimmt hat, während ich noch im Mutterschoß war, und der die Begrenztheit meines Lebens für unvorstellbare Dimensionen öffnet. Er ist das Mysterium, das mich umschließt. Und dieses Mysterium ist kein Fantasiegebilde, sondern das konkrete Mysterium der Liebe. Die Energie, die sowohl die Glühwürmchen wie auch die Sterne erschaffen hat, ebenso wie das Staunen der Menschen, die zwischen den

Glühwürmchen und den Sternen angesiedelt sind. Die Kraft, die nicht unaussprechliche Neutralität bedeutet, sondern Beziehung. Die Beziehung eines Blickes, der ein *Name* wird.

Der Weg des Zweifels

20. JUNI

Der Sommer steht vor der Tür. Und wenn der Sommer kommt, kommen auch meine Nichten und viele Freunde, die zwischen ihren verschiedenen Urlaubsreisen bei mir vorbeischauen. Ich hoffe, dass ich es früher oder später schaffe, ein paar Tage ans Meer zu fahren. Als ich noch jünger war, hasste ich das Meer, jetzt brauche ich es seltsamerweise. Mein Körper sehnt sich nach Sonne und Wärme, vielleicht um die Feuchtigkeit des Winters aus den Knochen zu vertreiben. Und du, was machst du? Ich hoffe, dass du nicht unter dem Vorwand zu lernen traurig zu Hause herumsitzt!

Du schreibst, dass die Frage nach dem Glauben dich an bestimme Kleidungsstücke erinnert, die du im Secondhandladen gekauft hast. Sie scheinen, wenn man sie direkt aus den Kleiderhaufen gezogen hat, perfekt zu passen, aber zu Hause angekommen, merkt man, dass die Ärmel zu lang sind, die Hüftpartie zu eng und der Kragen zu weit. Es ist die richtige Größe, aber da dieses Kleidungsstück von einem anderen Menschen getragen worden ist, hat es im Laufe der Zeit die Form dieses Menschen angenommen. Und genau so *kommen wir zur Welt,* sagst du, *und noch bevor unsere Augen die Formen unterscheiden können, bekommen wir den Glauben schon »aufgezwungen«. Ob es uns nun gefällt oder nicht, wir müssen, wenn wir dann älter werden, diesen Weg immer weitergehen. Vielleicht hat man deshalb an einem bestimmten Punkt das Gefühl, dass das Kleid zu eng sei, die Ärmel kneifen und es besser wäre, den Taillenbund weiter zu machen. Kurz, man fühlt sich unbehaglich. Aber kann es denn sein und darf es denn sein, dass der Glaube mit Unbehagen in Verbindung gebracht wird? Ich habe viele getroffen, die das akzeptieren, aber meine Sache ist das nicht.*

Ich freue mich über diese Frage, weil sie deine Unruhe deutlich macht, die ich für sehr gesund halte und über die wir schon gesprochen haben. Kann man den Glauben durch »Vererbung« oder gesellschaftliche Übereinkünfte erwerben? Gewiss nicht. Das kann und sollte man auch nicht. Der Glaube ist ein Ferment, das alles durcheinander wirft, und er ist sicher nicht auf Ausgleich bedacht. Jeder von uns hat einen Weg auf sich zu nehmen, um zum Verständnis der Wahrheit zu gelangen. Und diese Reise ist oft voller Hindernisse. Wir können abrutschen und müssen vielleicht auch irgendwelche Umwege gehen, ganz so, als sollten wir an einer Steilwand ohne Haltegriffe und ohne Sicherheitsleine emporklettern.

Als ich so alt war wie du, beneidete auch ich die Leute, die nie vom Zweifel geplagt zu sein schienen. Mit der Zeit aber habe ich verstanden, dass sich hinter diesem Verhalten zumeist eine Form von Schwäche und gefährlicher Fragilität verbirgt. Wer sich immer im Recht fühlt, neigt dazu, sich über andere zu erheben, und meint, er könne es sich erlauben, ein Urteil über die Menschen zu fällen.

Dabei spielt er sich zu einem Vorbild auf, dem die anderen nachstreben sollten. Man braucht nur die Lebensgeschichte eines beliebigen Heiligen zu lesen, um festzustellen, dass sie – die im Laufe der Zeit zu echten Vorbildern für unser Leben wurden – genau das Gegenteil empfanden. Sie betrachteten sich als unzulänglich, verwundbar und geringfügig. Viele Heilige haben gezeigt, dass man die Höhen erst dann erreichen kann, wenn man vorher tief gefallen ist. Zur Vollkommenheit gelangen wir ausschließlich, wenn wir in der Lage sind, zu einem vollkommenen Nichts zu werden.

Wenn du das Gefühl hast, zum Glauben gezwungen zu werden, und dich gegen diesen Zwang wehrst, ehrt das deinen Durst nach Wahrheit. Du kannst nicht wissen, wohin dich deine Unruhe und dein Durst nach den wahren Grundlagen bringen werden. Vielleicht werden sie dich weit weg in unbekannte Gegenden führen, an Orte der Verlorenheit, der Verwirrung und der Verzweiflung. In das Land des Bösen und seiner Verlockungen. Wie prähistorische Monster werden deine Unfähigkeit und dein Versagen sich vor dir auftun, aber niemals wird es ihnen glücken, dich zu verschlingen, weil dein gesamtes Tun ebenso wie deine Sorgen und Ängste den Boden unter deinen Füßen aufgelockert haben. Er ist nicht mehr hart und fest, sondern geschmeidig. Und in der lockeren Erde breiten sich die Wurzeln aus und wachsen in die Tiefe. Sie sind es, von denen die Stabilität des Baumes abhängt, sie transportieren die Nahrung bis zu den Blättern und erst dort werden sich Blüten und Früchte dem Licht darbieten können.

Neid ist wie ein Unkraut

27. Juni

Endlich ist es mir gelungen, für drei Tage nicht weit von hier ans Meer zu fahren. Für mich ist das der einzig wahre Urlaub. Lange schlafen und viele Stunden in der Hängematte lesen.

Zwischen 20 und 35 war das Lesen die Tätigkeit, die jeden freien Augenblick meines Lebens ausgefüllt hat. Doch je mehr Pflichten und Verantwortungen ich auf mich nahm, umso mehr hat sich die Zeit für solche Vergnügungen drastisch verringert. Freilich lese ich immer noch viel zu den Dingen, die mich interessieren, aber ich tue es vor allem für meine Arbeit und nicht mehr zu meinem Vergnügen. In den Jahren, in denen ich noch in der Stadt lebte und nicht viel Geld hatte, entlieh ich die Bücher aus der Stadtbibliothek in meiner Nähe. Am späten Freitagnachmittag oder am Samstagmorgen machte ich mich auf den Weg dorthin, und nachdem ich mich freudig erregt umgesehen hatte, nahm ich die ausgewählten Bücher aus dem Regal, ließ sie registrieren und trug sie nach Hause.

Ich vermisse ein bisschen jene unbeschwerte Zeit und die leidenschaftliche Suche nach einem verborgenen Schatz. Wenn ich etwas besonders Spannendes wollte, ging ich auf Nummer sicher und zog

das abgegriffenste Buch heraus, das am häufigsten ausgeliehen worden war. Wenn ich heute in eine Bibliothek gehe, dann nicht mehr um Bücher auszuleihen, sondern um die Bücher zu verschenken, die meine Regale überquellen lassen.
Du hast mir geschrieben, dass du in dir das Gefühl des Neides entdeckt hast und darüber sehr besorgt bist. Du bist neidisch, schreibst du mir, auf die Leute, die schon das erreicht haben, was du noch zu erreichen versuchst, auf all die Leute, die das Geld haben, um in Urlaub zu fahren, auf deine Freundin, die glücklich verliebt ist und deren Augen wie Sterne glänzen. *Dieses Gefühl kannte ich bisher nicht an mir,* schreibst du mir, *oder vielleicht war es da, aber ich habe es nicht bemerkt. Aber jetzt hat es sich wie das Grubengas, das in die Minen eines Bergwerks eindringt, in allen meinen Gedanken ausgebreitet und vergiftet sie. In den Minen gingen die Kanarienvögel zugrunde, in mir aber ist die Spontaneität und mit ihr die schon seltene Lust zu lachen abgestorben. Ich fühle mich wie ein Maus, die in einer immer enger werdenden Höhle weitergraben muss.*
Deine Beschreibung ist perfekt, allerdings machst du einen Fehler. Der Neid entsteht nicht in den Gedanken, sondern im Herzen, von dort steigt er empor und vergiftet alles. Hast du schon jemals in einem Beet oder einem Garten Unkraut gejätet? Wenn ja, hast du sicher auch bemerkt, dass sich seine Wurzeln von denen der Bäume unterscheiden. Einige lassen sich mit einer einzigen Handbewegung entfernen, während andere nur eine, aber eine sehr lange und widerstandskräftige Pfahlwurzel besitzen. Wieder andere, wie die Quecke, breiten sich immer weiter aus und überwuchern alles.

Der Neid ist wie die Quecke. Wenn du ihm erlaubst, an einer Stelle zu wachsen, überfällt er das ganze Herz. Er wickelt sich nicht wie Efeu darum herum, sondern durchbohrt es mit scharfen Spitzen. Und leider ist er es, der unsere Worte und Taten lenkt. Alles, was zwischen einer kleinen, scheinbar harmlosen Verleumdung und einem Mord liegt, entspringt aus ihm.
Der Neid besitzt die Kraft eines zerstörerischen Gifts und die Wandlungsfähigkeit eines mörderischen Virus. Er zerstört unsere Umgebung, aber auch uns selbst, da er in uns ein Gefühl ständiger Traurigkeit auslöst. Der Glaube und sämtliche guten Vorsätze kommen gegen den Neid nicht an. Um ihn von uns fern zu halten, bedarf es stetiger Wachsamkeit. Wir müssen uns ständig hinterfragen und unsere Gedanken und die Regungen unseres Herzens ständig aufs Neue überprüfen, auch die, die auf den ersten Blick harmlos wirken. Der Neid schlägt zu, ohne Unterschiede zu machen. Man kann auf seinen besten Freund oder den Menschen, den man am meisten liebt, neidisch sein. Selbst wenn man die nobelsten Absichten hegt, kann man ein Opfer des Neids werden. Die Bibel definiert ihn als einen »Wurmfraß in den Knochen«. Kann man sich überhaupt ein eindringlicheres Bild vorstellen? Da die Knochen das sind, was uns trägt, bedroht dieses Gefühl die Grundlage unseres Seins. Diese Zerstörung geht langsam und versteckt vonstatten. Erst wenn alles in sich zusammenbricht, hüpft der Neid wie ein Springteufel aus der Schachtel. Doch dann ist es zu spät. Wir müssen die Reinheit unserer Gedanken schon vorher unter Kontrolle halten.

Die Falle der Vorurteile

4. JULI

Deine Antwort hat mich in kürzester Zeit erreicht. Hat etwa die Post ganz unerwartet besonders schnell gearbeitet? Oder habe ich vielleicht einen wunden Punkt getroffen, worauf du das dringende Bedürfnis hattest, mir deine Gedanken sofort mitzuteilen? Ich denke, dass diese Annahme durchaus wahrscheinlich ist. Aus deinen Zeilen lässt sich ein gewisser Ärger erkennen. *Warum misst du dem Neid so viel Bedeutung zu?*, fragst du mich und fügst gleich hinzu: *Weißt du, wenn ich jemanden über Reinheit reden höre, reagiere ich geradezu allergisch. Ich denke, dass gerade im vergangenen Jahrhundert eine ganze Reihe von Versuchen unternommen wurden, um Welten voller Reinheit zu errichten, was – ohne Übertreibung – zu katastrophalen Ergebnissen geführt hat.*

Sehnten sich die Nazis nicht nach der »reinen arischen Rasse«? Und die Kommunisten, hatten die nicht vor, die »reine Diktatur des Proletariats« zu etablieren? Und dann, auf einer nicht ganz so tragischen Ebene, aber deshalb vielleicht umso ärgerlicher, fallen mir die reinen und die unreinen Gedanken ein, von denen in der Beichte die Rede ist. Ist es dir nicht peinlich, dieses Wort in den Mund zu nehmen?

Wie können wir uns verstehen, füreinander Verständnis aufbringen und miteinander reden, wenn wir die Worte unterschiedlich benutzen? Auch mir graust es vor den Begriffen »Reinheit« und »rein«, wenn sie sich auf das Weltliche beziehen. Denn wenn die Reinheit mit dem Materiellen und Physischen in Zusammenhang gebracht wird, führt das automatisch zu der Idee, den anderen überlegen zu sein. Eine bestimmte Person trifft die Entscheidung, welche Grenzen oder Maßstäbe zu setzen sind, und nur wer diese auch anerkennt, verdient, mit allen Privilegien zu leben. Wer außerhalb steht, gehört einer sicherlich geringeren Lebensform an. Das fängt mit der Vorstellung von der arischen Rasse an und reicht über die Sekten unserer Zeit bis zu den Fußballmannschaften und den Diätfanatikern. »Rein« ist letztlich alles, was zu meiner Gruppe gehört oder in meine Weltanschauung passt. Unter einer solchen Voraussetzung braucht es nicht mehr viel, um davon überzeugt zu sein, dass das Leben eines jeden, der nicht zu unserer Gruppe gehört, weniger wert ist als das unsere. Denn wir haben diese Gruppe gebildet.

Seit der Aufklärung herrscht in unserer Gesellschaft die Idee – und sie herrscht noch heute –, dass die Religion mit allem, was dazugehört, nur rein funktional und ohne jede Bewandtnis für den Menschen ist, aber er sie braucht. Das Leben hat keinen Sinn und der Tod macht Angst, deshalb muss man mit einem gewissen Wohlwollen auf die Leute Rücksicht nehmen, die sich mit Geschichten zu trösten versuchen. Damit wird die Welt auf etwas Eindimensionales reduziert – auf die fassbare Realität in all ihrer Begrenztheit, ganz so, als sperre man Worte und Begriffe in ihrer tiefsten Bedeutung in ein winziges

Zimmer ein. Obwohl man in diesem Raum Platzangst bekommen müsste, bewegt man sich darin mit der Überzeugung, das Universum erklärt zu haben.
Aber die Worte und Leitgedanken des Glaubens lassen sich nicht von unserem Leben trennen. Im Gegenteil, sie machen unsere Existenz erst vollkommen und reich. Um das zu verstehen, müssen wir die gewaltige Menge an Gemeinplätzen und Vorurteilen wegfegen. Wir müssen die vielen, allzu vielen Augengläser beiseite tun, die uns von Geburt an immer wieder auf die Nase gesetzt wurden und die dick und dicker werden. Natürlich sind diese Brillen bequem, denn sie ermöglichen uns einen klareren Durchblick, zumindest nehmen wir das an. Erst wenn wir sie absetzen, bemerken wir, dass sie uns nicht mehr als eine eindimensionale Sicht erlaubten und jene Ideen, die wir für unsere eigenen hielten, nur eine Art Kluft waren, die wir von jemandem übergestülpt bekamen. Um zu begreifen, dass wir als Person nicht auf der einen, der Glaube aber auf der anderen Seite steht wie ein Mantel, den wir nach Belieben an- und ausziehen können, müssen wir einsehen, dass wir selbst dieser Glaube sind. Der Glaube, der in uns ist, seit wir das Licht der Welt erblickten. Er ist in mir, in dir und in jedem anderen Menschen. Alle sind wir Brüder und Schwestern, Söhne und Töchter. Nicht ein unfruchtbarer Keim, der zufällig aus dem Nichts entstanden ist, sondern die Erfüllung eines Traums, der eine Liebesbeziehung ist. Dann wird es keine Worte mehr geben, die uns irritieren. Denn wir werden verstehen, dass der einzig wirkliche Anstoß – diese Abscheulichkeit, die unser Leben käuflich macht und zerstört – nicht dadurch ent-

steht, dass Worte verdreht werden. Er entsteht vielmehr dadurch, dass der lebendige, aufrichtige Kern des menschlichen Wesens in die sorgfältig vorgenommene Abschottung eines Roboters verwandelt wurde.

»Mein Freiraum!«

11. Juli

Deine Mutter ist mit ihren Freundinnen nach Riccione gefahren und du bist zu Hause geblieben. Du bist müde, sagst du mir, du schaffst es nicht mehr weiterzulernen: Warum machst du dann nicht auch ein paar Tage Urlaub? Es hat keinen Sinn, weiterhin über seinen Büchern zu sitzen, wenn der Kopf nicht dabei ist. Eine Kommilitonin hat dich eingeladen, ein paar Tage mit ihr campen zu gehen, aber du weißt nicht, ob du zusagen sollst. *Was soll mit den Pflanzen im Haus geschehen? Ob ich in einem Zelt überhaupt schlafen kann? Ich habe es noch nie gemacht. Ich fürchte, dass es zu feucht und zu unbequem ist, und außerdem will ich nicht, dass mein Freiraum eingeengt wird …*

Mein Freiraum! Was für eine überaus moderne Formulierung! Wir möchten jetzt noch kein Kind, weil wir noch unseren Freiraum benötigen. Ich wechsle meine Arbeitsstelle nicht, sonst müsste ich auf meinen Freiraum verzichten … Ich lasse mich auf keine neue Beziehung ein, weil ich Angst habe, meinen Freiraum zu verlieren! Es gibt keinen Raum mehr, sondern nur noch Freiräume. Der tatsächliche Freiraum, den man immer mit sich trägt – der freie Raum, in dem wir über etwas nachsinnen, in dem wir beten, uns einer »anderen« Dimension nähern und uns mit ihr auseinander setzen –, diesen freien Raum gibt es heute nahezu nicht mehr. Stattdessen haben sich an seiner Stelle – wie Schmarotzerpilze – die »Freiräume« breit gemacht, jene Bereiche des Lebens, die tunlichst von Pflichten freigehalten werden sollen. In diesen »Räumen« gibt es Freiheit im Überfluss und sie kann man mit allem voll packen, was einem gefällt. Man kann tanzen, Freunde treffen oder Bridge lernen, einen Kurs in Telepathie oder zur Herstellung von Figuren aus Pappmaché machen. Man kann sich endlich selbst verwirklichen.

Selbstverwirklichung! Ein anderes Zauberwort, mit dem sich scheinbar Berge versetzen lassen. Man muss sich selbst verwirklichen. Dazu wurden wir als Kinder dieser schrecklichen, wenn auch notwendigen Erschütterung der 68er aufgefordert. Unsere Urgroßeltern und Großeltern dachten gewiss nicht daran, sich selbst zu verwirklichen. Ihre Verwirklichung beschränkte sich auf die bestmögliche Erfüllung ihrer Alltagspflichten. Die Art der Selbstverwirklichung, die wir jedoch in unseren »Freiräumen« suchen, hat stets auf die eine oder andere Weise mit Kreativität zu tun. Und obwohl es sich dabei rein theoretisch um etwas sehr Schönes handelt, stellt es sich in der Realität oft als Falle heraus.

Wenn ich an die »Freiräume« denke, fallen mir diese kleinen Gewächshäuser ein. Wohl wachsen an solchen geschützten Orten die Pflanzen früher und auch schneller als im Freiland, allerdings nur für eine begrenzte Zeit. Wenn die Temperatur ansteigt, muss man sie nach draußen ins Freie setzen. Und selbst wenn sie drinnen bleiben,

muss man die Fenster öffnen und frische Luft hereinlassen, damit sie nicht krank werden.
Wenn man den Freiraum auf diese Weise versteht, wird er zu etwas Mythischem, einer Art »Ort-Zeit-Gebilde«, in dem sich ebenso mythische Befreiungsprozesse vollziehen sollten. Befreiung vom ewigen Grau des Einerleis und dem nicht vorhandenen Sinn. Aber findet diese Befreiung auch wirklich statt? Kann ich mich tatsächlich allein durch eigene Anstrengung und Willenskraft befreien und verwirklichen?
Jeden Morgen wache ich voller Freude und Neugierde auf. Was werde ich heute erleben, frage ich mich. Wem werde ich begegnen? Welche spannenden Erfahrungen warten auf mich? Auf welche Weise werde ich die Herzen anderer berühren? Beschränken wir unsere Selbstverwirklichung auf den allzu begrenzten Raum unseres eigenen Lebens, so verdammen wir uns damit zur Magersucht unserer Gefühle und erlauben uns nur noch ein verkümmertes, kränkelndes Wachstum von kurzer Dauer. Es ist aus Prinzip nicht möglich, etwas Grenzen zu setzen, das Grenzen niederreißen will.
Der Raum, der uns zu unserer Selbstverwirklichung gegeben ist, umfasst die Spanne zwischen unserem ersten und letzten Atemzug. Jeder Tag, jede Stunde und jede Sekunde müssen dieser Richtschnur unterworfen werden. Jeder Augenblick unseres Lebens trägt sowohl die reine Leuchtkraft eines Diamanten wie auch das undurchdringliche Grau von Graphit in sich. Beide, der Diamant ebenso wie der Graphit, sind aus Kohlenstoffatomen zusammengesetzt, die sich lediglich in ihrer Anordnung unterscheiden.

Wie soll ich meine »Atome« zu meiner Selbstverwirklichung anordnen? Auf einer horizontalen oder auf einer vertikalen Ebene? Soll ich mich vom Licht durchdringen lassen oder mein Haupt senken? Und wenn ich tanze, für wen sollte ich tanzen? Nur zur Befriedigung meines Egos oder, da mein ganzes Sein bereits tanzt, um mich voller Begeisterung von der gemeinschaftlichen Freude mittragen zu lassen?

Das Syndrom der falschen Probleme

18. JULI

Wenn es nur die Pflanzen sind, die dich am Wegfahren hindern, so würde ich es als kleines Problem bezeichnen. Vielleicht kannst du eine nette Nachbarin bitten, sie für dich zu gießen. Solltest du wirklich niemanden finden, der sich dazu bereit erklärt, könntest du auch leere Mineralwasserflaschen mit Gießwasser füllen und sie mit der Öffnung nach unten in die Erde stecken. Damit schaffst du für die Pflanzen einen richtigen Self-Service.

Es sind immer die falschen Probleme, an denen wir am meisten hängen. Sie dienen uns als eine Art Schutzschild, womit wir das Unbekannte, das uns Angst macht, von uns fern halten können. Dich scheint der Gedanke zu beunruhigen, mit Leuten wegzufahren, die du nicht kennst. Daher also die Pflanzen! *Ich kann sie doch nicht allein lassen? Meine Mutter liebt sie so sehr. Auch nur eine einzige zu verlieren, wäre für sie eine echte Katastrophe. Ich würde so gerne mitkommen, aber es geht doch nicht …*

Wie viele Male klammern wir uns an diese Art von Vorwänden! Die meisten Menschen ziehen es vor, sich hinter fiktiven Verpflichtungen zu verbergen als das Risiko der Freiheit auf sich zu nehmen. Ich weiß schließlich, wovon ich rede, da ich ebenfalls ein extrem ängstlicher

Charakter bin und jahrelang unter dem »Syndrom der falschen Probleme« gelitten habe. Dann, eines Tages, sagte eine Freundin zu mir: »Warum lebst du ständig mit angezogener Handbremse?« Seit diesem Augenblick frage ich mich in jeder Situation: Was ist mit meiner Handbremse? Und wenn ich dann merke, dass sie angezogen ist, löse ich sie sofort.

Auch wenn man sich mit dem Thema Transzendenz auseinander setzt, neigt man dazu, die Handbremse anzuziehen. Offen gesagt, glauben die wenigsten Menschen wirklich, dass der Himmel leer sei. Die meisten jonglieren bei diesem Thema mit ziemlich vagen Äußerungen herum: »Naja, irgendetwas muss es schon geben ... Der Himmel ist zu groß, um leer zu sein ... Es stimmt schon, wenn man so die Sterne betrachtet, überkommt einen so ein Gefühl ...« Und die Vorstellung, die dabei entsteht, ist die einer absolut perfekten, sehr weit entfernten Entität, die gegenüber ihrer eigenen Kreation völlig gleichgültig eingestellt ist. »Die Welt geht zugrunde, aber das interessiert den, der sie geschaffen hat, in keiner Weise. Warum sollte dann uns an Ihm gelegen sein? Er hat uns mit der Natur eine große Show geboten und damit hat es sich. Wie ein guter Uhrmacher oder ein hervorragender Buchhalter, zugegeben, aber das Leben von uns Menschen ist leider nicht so präzise wie Zahlen oder Uhren. Es ist unvorhersehbar, zerbrechlich und neigt zur Tragödie. Wo finden wir also die Zeichen und Stempel, die Er gesetzt hat? Es gibt sie nicht. Deshalb sind wir hier unten allein und wahnsinnig vor Schmerz.«

Deutet man bei diesen Menschen die andere Dimension der Transzendenz an – nämlich die der Offenbarung und Erlösung –, so ziehen sie sofort die Handbremse an, vielleicht sogar zwei, mit jeder Hand eine. »Ich hasse die Kirche«, sagen sie, »ich kann die Priester nicht ertragen. Der Papst tut nichts anderes, als unserem Leben Grenzen und Verbote aufzuerlegen. Warum sollten wir auf ihn hören?«

Da haben wir das falsche Problem. Der Kern der Offenbarung betrifft nicht die Treue zu einer Institution, sondern die Bekehrung des Herzens, das sich von einem Stein in ein Ding aus Fleisch und Blut verwandelt. Und dieser Gedanke berührt in seiner Tiefe das Leben eines jeden Menschen. Das hat nichts mit Katholisch-Sein oder Priestern zu tun, auch nicht mit Schwäche oder Leichtgläubigkeit, sondern lediglich mit Menschen, menschlichen Wesen, die auf dieser Erde mit offenen oder geschlossenen Augen leben wollen und die entweder das Leben lieben oder bloß überleben wollen.

Das lebendige Herz aus Fleisch und Blut trifft weise Entscheidungen, durch die es sein Leben auf schöpferische Weise gestaltet. Dem steinernen Herzen hingegen ist Unbeweglichkeit und Fatalismus lieber. Und was ist mit der bösen Welt? Da bleibt ihm nichts anderes übrig, als zu weinen oder den Namen Gottes zu missbrauchen. Für das lebendige Herz allerdings hat auch das Böse einen Sinn. Es verpflichtet uns, Zeugnis abzulegen, ständig wachsam zu sein und jede Entscheidung mit Bedacht zu treffen.

Die wahren Heiligen

25. Juli

Es ist Abend, ich sitze an einem Holztisch unter meiner Pergola, von der die Trauben herabhängen, und schreibe dir. Die Luft ist mild, am Himmel leuchten die Sterne. Die Stille wird manchmal vom Gebell der Hunde oder dem Geräusch eines Autos unterbrochen, das auf der Landstraße vorbeifährt. In Richtung Süden, auf der unsichtbaren Flugbahn der Flugzeuge nach Rom, ist das Knallen des Feuerwerks verstummt, das vor einiger Zeit abgefeuert wurde.

Ein fast obligatorisches Ritual in dieser Zeit. Kein Wochenende vergeht, ohne dass das Plateau vor meinem Haus nicht von dem Licht und der Farbe der explodierenden Feuerwerkskörper erhellt wird. Eine Art sommerlicher Tribut an den Dienst habenden Heiligen, der an diesem Abend in verschiedenen Dörfern mit Porchetta und Würsten, Gnocchi und Bigne gefeiert wird. Die Abende sind warm und es ist herrlich, spazieren zu gehen. Man isst und trinkt, man tanzt und trifft Freunde. Manchmal trifft man auch die Liebe. Was ist Schlimmes daran, die Heiligen auf diese Weise zu feiern? Absolut gar nichts!

Ich weiß nicht wieso, aber mir kommen die Worte meines indischen

Freundes aus Kerala in den Sinn. Ich hatte ihn am Bahnhof abgeholt und auf dem Weg nach Hause wurden wir durch eine Prozession gestoppt, bei der eine kostbar geschmückte Heiligenstatue aus meinem Dorf vorangetragen wurde. Es fehlte nichts, weder die Blumen noch die Gesänge noch der wabernde Weihrauch. Mein Freund lächelte: »Wie schön! Ich komme mir vor wie zu Hause! Bei uns veranstaltet man viele solcher Prozessionen, um unsere Götter zu feiern.« Dann, mit scheinheiliger Miene, fügte er hinzu: »Entschuldige, aber ist denn das Christentum keine monotheistische Religion?«

Das ähnelt ein wenig der Bemerkung, die du vor einiger Zeit gemacht hast, erinnerst du dich? *Wer sind diese Heiligen?*, hast du mir geschrieben, *ich kann das nicht verstehen. In der Grundschule hatte ich eine Banknachbarin, die anstelle der Bilder von Fußballhelden Heiligenbildchen mit glatten, schönen Gesichtern sammelte. Manchmal zeigte sie mir einige davon unter der Bank. »Welche gefällt dir besser, die heilige Lucia oder die heilige Rita?«, fragte sie mich und ich wusste nicht, was ich sagen sollte. Mir gefielen beide nicht. Auch wenn es mir nicht bewusst war, warum, machten mich ihre weichen Blicke und ihre Darstellung als Opferlamm richtig nervös. Jetzt, im Erwachsenenalter, erscheinen sie mir mehr wie Werbeträger, die von einer Marketingfirma erdacht worden sind. Wie Sonderangebote auf den Seiten der Zeitungen werden diese religiösen Promis mit ihren Bildern billig vermarktet. Aber was haben uns die Heiligen wirklich zu sagen?*

Entsetzlich große Fragen, die uns zu einer noch größeren führen. Was bedeutet Heiligkeit? Zunächst einmal gilt es eines zu klären:

In ihrem Wesen haben die Heiligen nun wahrhaftig nichts Weiches oder Geziertes. Sie sind Menschen, die kämpfen und für etwas eintreten; Menschen, die »gegen« den Strom schwimmen und die deshalb überhaupt keine Schwächlinge sein können. Die Bilder in der volkstümlichen Verehrung der Heiligen sind leider oft irreführend. Man muss sich mit ihren Lebensgeschichten auseinander setzen, um ihre Einzigartigkeit und ihren Nonkonformismus, ihre völlige Einsamkeit und die tiefe Verzweiflung, von der sie gepeinigt wurden, zu verstehen. Die Heiligen sind keine Überflieger oder Menschen, die sich in Arroganz und Überlegenheit, mit deren Hilfe sie sich vor der Welt schützen, sonnen. Im Gegenteil, sie führen ein sehr anstrengendes Leben bis zur höchsten Selbstaufgabe. Anstrengung und Selbstaufgabe scheinen sich zu widersprechen, aber dem ist nicht so. Die Anstrengung ist nötig, um den Kampf gegen das Böse aufzunehmen, und die Selbstaufgabe, um Barmherzigkeit zu üben und die Liebe aufzubringen, die sie geschaffen hat.
Unter Heiligen sind selbstverständlich nicht nur die aus dem Kalender zu verstehen, sondern auch viele Menschen, die mit uns in der Anonymität und der Niedrigkeit des Alltags leben. Im Miteinander mit ihnen wird die Eucharistie lebendig und gegenwärtig, die das hoffnungslose Grau unseres Daseins durchdringt. Heilige sind überall – im Autobus, im Einkaufszentrum, in der U-Bahn, im Bahnhof, im Zug, in den Fabriken und Büros. Du wirst sie nicht an ihrem Heiligenschein erkennen, sondern an ihrem Blick und ihrer Warmherzigkeit, mit der sie alles bedenken.
Begegnest du solchen Menschen, wirst du wahrscheinlich denken:

Wie gerne möchte ich so sein wie sie und dieselbe liebenswürdige Kraft und Leichtigkeit besitzen. Das ist die Hefe des Evangeliums! Mit Mehl vermischt, verwandelt sie es in Brot und Nahrung. Auf einmal denkst du nicht mehr an die Heiligen »da oben«, an die Statuen oder die Werbeträger, sondern nur daran, dass du so werden möchtest wie sie. Auch du – ein Zeuge der Hoffnung.

Zeit für harte Worte

1\. August

Heute Abend kommen meine beiden Nichten, die in Hongkong leben. Seit sie als ganz kleine Kinder nach Asien gezogen sind, ist der August der Monat, den ich ihnen widme. Ein anstrengender Monat, da sie wie alle Kinder unablässige Aufmerksamkeit fordern. Es ist die einzige Zeit im Jahr, in der wir wirklich zusammen sind, und daher darf keine Minute vergeudet werden. Natürlich musste ich kleine Grenzen setzen, von der Art wie: Man geht vor 7 Uhr morgens nicht in das Zimmer der Tante, um nicht wie eine Weizenähre zu enden, die von Heuschrecken gefressen wird. Aber der ganze Rest des Tages ist eine pausenlose Abfolge von Abenteuern, Spielen und Entdeckungen. Wir bauen Hütten aus Laubzweigen, lassen Drachen fliegen, bändigen meine »wilden« Ponys, gehen zum See und bekämpfen in einem kleinen gelben Ruderboot Drachen und Stürme. Wenn dann, wie immer viel zu früh, der Vorabend des Abschieds kommt, werden sie schweigsam und traurig. Sie stehen in den Ecken des Hauses herum, umarmen mich immer wieder und flüstern dabei: »Wenn wir groß sind, Tante, werden wir immer mit dir zusammen sein. Dann bist du alt und wir helfen dir, für die Tiere und Bäume zu sorgen.«

Manchmal schaue ich ihnen aus dem Fenster meines Schlafzimmers zu, wie sie auf der Wiese herumtollen. In ihren geblümten Kleidchen wirbeln sie umher, reichen sich Schüsselchen und Tellerchen zu und tun so, als ob sie kochten. Ab und zu bricht ein Streit aus und es wird laut. Sie sind noch so klein und so zerbrechlich. Dennoch werden sie sich, in kürzerer Zeit, als man denkt, auf den Spießrutenlauf der Jugend einschießen müssen, jenen unsicheren Weg zur Entdeckung, welche Berufung ihnen als Erwachsenen beschieden sein wird.

Wenn ich meine Nichten anschaue oder auch die Kinder meiner Freunde oder fremde Kinder, die an mir vorübergehen, krampft sich mir oft mein Herz zusammen. Ich frage mich, wie ihre Zukunft wohl aussehen wird und was für ein Morgen wir ihnen bereiten? Freilich darf man nie aufhören zu hoffen, aber trotz aller Hoffnung sollte man niemals verabsäumen, in seinen Überlegungen die Vernunft walten zu lassen. Eine Hoffnung, die auf Illusionen aufgebaut ist, ist zum Untergang verurteilt wie ein Pfahlbau aus morschem Holz. Und die Aussichten, die der Mensch und die Gesellschaften, die er bildet, bieten, sind absolut trostlos.

Die Feiern zum Abschied des Jahrtausends, die vor nicht allzu langer Zeit stattgefunden haben, erscheinen mir heute nur noch wie ein fernes Märchen. »Das neue Jahrtausend wird ein Jahrtausend des Friedens, auch wenn wir dafür hart arbeiten müssen, und der Gerechtigkeit für die gesamte Welt!«, prophezeiten einige. Zwei Jahre waren genug, um die guten Vorsätze zunichte zu machen. 24 Monate Verwüstung, Krieg und Triumph des Todes auf den Schlachtfeldern, aber auch in den scheinbar unschuldigen Metropolen. In den wissenschaftlichen Laboratorien werden neue, monströse Lebensformen entwickelt – nach unserem Willen, nicht nach dem Seinen. Und als Entschuldigung dient der moralistische, erpresserische Vorwand, dies alles geschähe zum Wohle der Ärmsten auf dieser Erde.

Angesichts dieses blinden Stolzes und dieser Hybris, mit der unsere kleine, leuchtende Erde vernichtet werden soll, fühle ich, wie mir die eiskalten Schauer des Entsetzens über den Rücken jagen. Je mehr ich auf die Kinder blicke und an ihre Zukunft denke, desto mehr bin ich davon überzeugt, dass es nicht mehr die Zeit der halbherzigen Worte und der alles bemäntelnden Differenzierungen ist. Harte Zeiten verlangen harte Worte und konsequente Entscheidungen, die sie bestätigen. Unsere Zeit, die absolut keine Gottesfurcht mehr kennt, schreit förmlich danach, dass sich die Zeichen der Prophetie machtvoll erheben. Doch bedeutet Prophetie keineswegs, sich aus Angst, unpopulär zu sein, der Bequemlichkeit der öffentlichen Meinung anzuschließen. Es bedeutet nicht, einmal Ja und dann wieder Nein zu sagen und ständig unschlüssig zwischen zwei Waagschalen hin- und herzuschwanken, um herauszufinden, welcher Seite man sich besser zuneigen sollte. Das Evangelium äußerst sich sehr klar zu diesem Punkt: »Euer Ja sei ein Ja, euer Nein ein Nein.« Und ferner: »Niemand kann zwei Herren dienen.«

Auf welcher Seite wollen wir also stehen? Auf der Seite Gottes, der unser Leben bestimmt, oder auf der Seite der Menschen, die so sein wollen wie Gott? Wollen wir populär oder unpopulär sein? Wie viel sind wir bereit, für die Prophetie einzusetzen? Hegen wir die Überzeugung, dass die Welt im Grunde mit einigen kleinen Verbesserungen weiter bestehen kann, oder meinen wir, dass radikale Veränderungen nötig sind?

Und wie soll diese Veränderung vonstatten gehen? Ist sie einer Idee unterworfen, die über andere Ideen triumphiert und diese notfalls auch mit Gewalt durchsetzt? Oder ist sie eine Bekehrung und ein Weg, bei dem man sogar den Mut hat, ihn abzubrechen, um in der Gegenrichtung weiterzugehen?

Das Subversive des Selbstlosen

8. August

Mich wundert es nicht zu hören, dass dein Campingurlaub – trotz aller Zweifel und Unentschlossenheit – ein großer Erfolg war. *Alles war echt unbequem,* schreibst du mir, *dennoch bin ich jeden Morgen gut gelaunt aufgewacht und wollte am Abend noch länger aufbleiben, um beim Flackern der Lampe mit den anderen zu reden. Ich habe mich mit der ganzen Gruppe sehr gut verstanden und neue Freundschaften mit zwei deutschen Mädchen und einem spanischen Paar geschlossen. Wir haben schon ausgemacht, uns gegenseitig zu besuchen. Wenn möglich, werden wir alle zu Weihnachten nach Spanien fahren und zu Ostern treffen wir uns dann in Italien wieder. Wir würden auch gerne gemeinsam nach Sizilien reisen, natürlich immer mit dem Zelt.*

Wie du weißt, verbringe auch ich meinen Urlaub immer auf dem Campingplatz. Dieses Jahr habe ich mir einen lang ersehnten Wunsch erfüllt und einen jener VW-Busse erstanden, die zur Zeit der Blumenkinder so sehr en vogue waren. Wenn ich mit dem Film fertig bin, will ich mir, wie ich dir schon erzählt habe, ein Sabbatjahr gönnen und durch Europa reisen.

Viele wundern sich darüber, dass ich das Leben unter freiem Himmel bevorzuge. »Du bist doch so berühmt«, sagen sie, »du kannst es dir leisten, in einem Hotel zu wohnen und in exklusiven Urlaubsorten deine Ruhe zu haben. Warum machst du es dir so unbequem und mischst dich unter all die fremden Menschen, die dir ständig in deinen Suppentopf schauen?« Privatsphäre und Bequemlichkeit bilden die Idole unserer Zeit und werden von allen angebetet. Auch die Privatsphäre ist im Grunde eine Art Zelt und eine Schutzhülle, hinter der sich der innerste Bezirk des Tempels verbirgt – der heilige Raum meines Egos und meiner übermenschlichen Anstrengungen, es wachsen und gedeihen zu lassen.

Wie krank ist unsere Gesellschaft, wie verfault und wie morbide, dass sie den Nächsten immer als Risiko, Gefahr und Bedrohung betrachtet. Ich besitze. Ich bin im Besitz meiner Zeit und meines Hauses, meines Bankkontos, meiner Vorliebe für ein paar wenige, ausgesuchte Freunde und meiner Erfolge – und das mit anderen zu teilen, hege ich nicht die geringste Absicht. »Denn wo dein Schatz ist, da ist auch dein Herz«, sagt das Evangelium. Doch wo ist das Herz des Abendlandes? Und aus welchem Stoff ist es gemacht?

Langsam und unerbittlich hat der Mensch das Zentrum seines Interesses verlagert. Während er früher sein Leben auf die Beziehung mit seinem Mitmenschen ausgerichtet hat, rücken heute die Dinge in sein Blickfeld – ein Gegenstand, den man sich wünscht, das gute Leben, das man anstrebt, und das Ziel, das man erreichen will. Die Selbstlosigkeit, auf der unser Leben aufbauen sollte, existiert nicht mehr, und falls sie gelegentlich mal hier oder da erscheint und jemand ein Zeichen aus Überzeugung setzt, wird sie voller Misstrauen beäugt. Was versteckt sich dahinter? Warum verhält sich dieser Mensch so, wie er es tut? Will er für etwas büßen oder hat er vor, sich das Paradies zu verdienen? Will er uns vielleicht demütigen und uns ein Gefühl der Minderwertigkeit vermitteln?

Wir müssen uns gegen diesen Virus der Selbstlosigkeit, der die Gefahr in sich birgt, alle unsere Überzeugungen und das Vertrauen in unseren Besitz zu zerstören, wappnen und mit aller Kraft schützen. Es gibt heutzutage nichts Subversiveres als die Selbstlosigkeit. Und nichts Christlicheres.

Gier versklavt die Menschen, sagte mein Vater immer, der eine Philosophie des Loslassens praktizierte. »Die Dinge sind da, damit du sie benutzt, wenn du sie brauchst, und nicht, damit du deine Zeit damit verbringst, ihnen hinterherzulaufen. Wünsche haben eine merkwürdige Eigenschaft. Kaum ist einer befriedigt, taucht sofort ein neuer auf, wie ein Durst, der nie zu stillen ist.«

An diesem Durst krankt das Abendland – einem brennenden Durst, der alle anderen Antriebe ausgelöscht hat. So den Wunsch nach der Sinnsuche, nach Teilen und nach Liebe. Ich lebe innerhalb der festen Mauern meiner Gewissheiten und meines Besitzes. Wenn sich ein Fremder an meiner Türe zeigt, verschließe ich sie. Ich will keine Blicke oder Gesichter oder Fragen. Ich denke nicht an den Moment des Todes. Wenn ich das täte, würde ich vielleicht meine Sicherheit durch Zweifel ersetzen und meinen Besitz aufgeben. Wenn ich solche Gedanken zuließe, hätte ich mein Haus schon längst gegen ein Zelt eingetauscht und das Geschenk des Lebens und das Geheimnis seiner Zerbrechlichkeit akzeptiert. Dann wüsste ich, dass wir auf dieser

Erde lediglich Nomaden sind und wir unsere Stärke nicht dadurch erhalten, unsere Türen zu verschließen, sondern sie weit zu öffnen und jeden willkommen zu heißen, der uns aus unseren problematischen Schutzmaßnahmen herausreißen will.

Bekehrung

15. August

In den heißesten Stunden des Tages scheint die Landschaft um mein Haus verzaubert zu sein. Alles ist vollkommen unbeweglich geworden – Hunde, Kaninchen und Katzen, Pferde und Ziegen haben sich alle zusammen in den Schatten gekauert. Nur die kleinen Mädchen trauen sich, die Hitze herauszufordern. Bewaffnet mit Badeanzug und Tauchermaske tollen sie in dem winzigen aufblasbaren Schwimmbecken herum. Nach vielen Tagen des Spielens und Tobens ist das Wasser von Schlamm, Blättern und toten Insekten verunreinigt, was ihnen jedoch nichts ausmacht. »Wenn wir doch auch nur ein Schwimmbad hätten«, seufzen die Erwachsenen, die, völlig von der Hitze aufgelöst, unter dem Vordach in ihren Korbsesseln sitzen.

Erst in der Abenddämmerung wird es auf dem Bauernhof wieder lebendig. Es beginnen die wilden und lauten Kickerturniere und die Spiele mit meinen Nichten nach dem Motto: »Tun wir so, als ob ...« Tun wir so, als ob die Unschuld wieder in unsere Herzen einzöge und unsere Blicke wieder leuchteten. Tun wir so, als ob das Staunen und Wundern zu uns zurückgekehrt sei und wir anstelle der Verachtung die Barmherzigkeit in uns trügen. Tun wir so, als ob wir uns für die Tugend stark machten und nicht den Weg der Nachlässigkeit beschritten. Tun wir so, als ob der Mensch nicht das Gefühl habe, bloß eine seelenlose Marionette zu sein, die, gefangen in der Wüste, gleich einem Roboter darauf programmiert ist, sich der molekularen Sklaverei der DNS zu unterwerfen. Tun wir so, als ob der Mensch gegen die Klaustrophobie des Zynismus in dieser Zeit aufstünde, um sich der Freude, der inneren Freiheit und der Kreativität der Liebe zu öffnen, die bescheiden und still in seinem Herzen leben. Tun wir so, als ob der Stolz – der unser Leben mumifiziert – wie die Form zerbricht, in der die Glocken gegossen werden, und ihr Läuten – der Glockenschlag eines lebendigen und erfüllten Lebens – sich verbreitet und dabei alles um sich herum erfasst. Tun wir so, als habe der Mensch verstanden, dass er ohne Bekehrung keine große Zukunft vor sich hat.

Kannst du dich daran erinnern, wie wir über die Notwendigkeit von harten Worten gesprochen haben? Die Bekehrung ist die Königin der harten Worte. Von ihr wagen die wenigsten Leute zu sprechen, obwohl sie in sich selbst alle übrigen Worte umschließt.

Was ist Bekehrung? Sie ist nicht, wie viele Leute denken, eine Änderung des Wegs – der Weg, der vor mir liegt, gefällt mir nicht und so schlage ich einen anderen ein –, sondern eine Änderung des Blicks. Ich gehe auf demselben Weg weiter, aber ich sehe, was vorher unsichtbar war, ich höre Töne, für die ich vorher taub war.

Grundlage für eine echte Bekehrung ist nicht die Langeweile, auch nicht die Furcht vor einer Strafe, sondern das seltene, längst aus der Mode gekommene Gefühl, das Reue heißt. Und dann, durch das Wirken der Gnade und des Heiligen Geistes und des Leidens, das wie ein Ferment unser aller Leben beeinflusst, wird mir auf einmal bewusst, dass ich mit verschlossenen Augen, tauben Ohren und einem Herz aus Stahl gelebt habe. Ich erkenne, dass mir zu jeder Stunde, jeder Minute und jeder Sekunde die Vollkommenheit des Himmelreichs angeboten wurde. Es hätte durchaus genügt, zu schauen, zu hören und die Hand auszustrecken. Aber dann hätte ich in mir Bescheidenheit, Schlichtheit und auch die Fähigkeit des Staunens zulassen müssen.

Und ich weine und meine Tränen sind das Wasser der Taufe und das Wasser der Wiedergeburt. Ich weine über all die Freude, die mir nicht zuteil wurde, und auch über die Liebe, die ich nicht gegeben habe oder die ich nicht annehmen wollte. Ich weine über die Geduld, mit der das Himmelreich auf meine Hingabe gewartet hat. Ich weine, weil ich das LICHT erkenne und das LICHT mich. Das eine kann ohne das andere nicht sein. Ich weine, weil ich dachte, dass Jesus bloß eine Statue sei und eine Geschichte, die sich vor 2000 Jahren zugetragen hat, aber auf einmal entdecke ich, dass Christus in mir lebt und in allem, was mich umgibt. Atem im Atem und Blick im Blick. Und in der Erkenntnis seines Antlitzes in jedem Augenblick, hier und jetzt, wird das Himmelreich errichtet.

Die Kinder und der Tod

21. AUGUST

In großen Scharen sammeln sich die Wiedehopfe, um nach Afrika zu fliegen. Die Wiese ist gelb, vom Sommer erschöpft. Die Wanzen haben zum Angriff auf die Tomaten angesetzt. Auch meine Nichten sind schon wieder in ihr weit entferntes Land zurückgeflogen. In den Tagen vor ihrem Abflug erfasste sie plötzlich eine große Traurigkeit. Kein Lachen und kein Rennen mehr. Stattdessen lange Mienen, jähes Schweigen und stilles Weinen draußen im Garten. Die Große verbrachte die meiste Zeit damit, die Tiere zu streicheln. Das ist ihre Art, von ihnen Abschied zu nehmen. Sie befürchtet immer, dass eines während ihrer Abwesenheit sterben könnte, und mit diesen unendlichen Ritualen von Umarmungen und Küssen versucht sie sich vor dem drohenden Verlust zu bewahren. Während der sonntäglichen Telefonate in den langen Wintermonaten vergisst sie nie zu fragen: »Alles in Ordnung?« Erst wenn ich sage: »Alles in Ordnung!«, ist sie beruhigt.

Die vergangene Saison war eine der besten: Nur zwei große japanische Karpfen sind in den »Himmelssee« eingegangen. Am Anfang hatte sie Angst, dass ich sie belüge und ihr bloß sage, es sei alles in Ordnung, auch wenn dem nicht so ist. Aber inzwischen vertraut sie

mir. Sie weiß, dass ich ihr immer die Wahrheit sage, dass ich den Tod nicht verdränge und keine Angst habe, darüber zu sprechen.
Ich erinnere mich, wie sehr mich als Kind das Schweigen und die merkwürdigen Andeutungen der Erwachsenen bei diesem Thema beunruhigten. Ich empfand den Tod um mich herum immer außerordentlich stark, aber ich konnte mit niemandem darüber reden. Ich nahm wahr, dass Leben und Tod einander ergänzen, eins auf das andere folgt und nur durch die gegenseitige Nähe vollständig zu verstehen sind. Und ich erkannte, dass darin der Sinn allen menschlichen Handelns eingeschlossen war. Ich stellte mir den Tod nicht als ein dunkles, unabwendbares Ende vor, auch wenn das Schweigen der Erwachsenen mich genau dies glauben lassen wollte. Vielleicht erinnerst du dich ja, dass ich auf diesen Schmerz und alle daraus folgenden Qualen und Schuldgefühle in *Geh, wohin dein Herz dich trägt* mit der Geschichte des Hundes Argo angespielt habe, dessen Tod vor der kleinen Olga geheim gehalten wird.
Deshalb spreche ich immer mit meinen Nichten und allen sonstigen Kindern sehr ehrlich: »Der Körper schläft und die Seele geht in den Himmel. Eines Tages werden wir uns alle dort oben wieder treffen und für immer in der Freude leben.« Am Abend liegen wir sehr oft im Gras und betrachten die Sterne. Die Stimmen der Mädchen versuchen ständig, das ohrenbetäubende Konzert der Grillen zu übertönen. »Schau, da oben, auf diesem Stern, da kann ich den Großvater sehen. Er lächelt und raucht Pfeife!« »Schau Tante! Und dort drüben sitzt die Katze Settembre! Sie schnurrt und bewegt dabei ihren Schwanz.« Diese »Erscheinungen« gehen auch in Hongkong weiter

und werden mir am Telefon mitgeteilt. »Ich bin mitten in der Nacht wach geworden und weißt du, wen ich auf dem Fensterbrett gesehen habe? Den Hasen Tobia! Er ist von seinem Stern herabgestiegen und hat mir einen Kuss gegeben.«

Ich erzähle dir das, weil ich vor einiger Zeit in einer viel gelesenen Wochenzeitschrift den Tipp einer bekannten Psychologin gelesen habe, wie sich Eltern gegenüber ihren kleinen Kindern angesichts des bevorstehenden Todes der Großeltern verhalten sollen. »Erwähnen Sie gegenüber Ihrem Kind ja nicht«, so schrieb sie, »dass der Großvater in den Himmel gegangen oder noch irgendwo da sei, auch wenn man ihn nicht mehr sehen kann. Das versetzt Ihr Kind bloß in Angst und Schrecken. Erzählen Sie ihm lieber, wie die Trauerfeier ablaufen wird und was die Totengräber zu tun haben. Kurz, Sie sprechen mit ihm alle praktischen Fragen durch, die das Begräbnis betreffen. Dadurch bleibt Ihr Kind in der Realität verankert und kann seine Trauer besser überwinden.«

Wenn ich behaupte, dass unsere Gesellschaft auf dem Weg in den totalen Wahnsinn ist, habe ich kein Problem, diese Aussage bestätigt zu finden. Das Geheimnis des Todes zu leugnen bedeutet ganz offensichtlich, dass auch das Geheimnis des Lebens geleugnet wird. Leben, was ist das? Ohne Unterlass einem vorgegebenen Programm zu folgen? Dem Programm meines genetischen Codes, meiner Familie oder auch der Gesellschaft, in die mich der Zufall in seinem unendlich chaotischen Fatalismus hineingeboren hat? Heißt das etwa, dass alles bereits vorherbestimmt ist und mir nur noch eine einzige Dimension bleibt? Dass mein Schicksal dem eines Esels gleicht, der ständig um einen Mühlstein läuft, ohne je seine Augen vom Boden zu heben? Doch wenn ich zufällig meinen Blick vom Boden hebe und in den Himmel schaue, von dem ich nicht wusste, dass es ihn überhaupt gibt, was soll ich dann mit meiner Furcht, die mich sicher ergreifen wird? Keine Angst. Es gibt zig Tabletten und Therapien, die mir Heilung verschaffen und mich mit den Füßen wieder fest auf den Boden bringen werden.

Noch immer bewahre ich die kleine Karte auf, die mir meine Taufpatin im Alter von 90 kurz vor ihrem Tod gegeben hat. Sie hatte drei Söhne gehabt, die alle vor ihr gestorben waren; der erste in Russland, der zweite, als er auszog, seinen Bruder zu suchen, und der dritte, der, noch minderjährig, in den letzten Tagen des Krieges von einem Querschläger getroffen wurde. Drei Söhne, drei Kreuze. Und doch habe ich in ihrem Blick niemals irgendwelchen Zorn gesehen noch hat sie ihr Schicksal verflucht oder sich gegenüber der Welt verschlossen. Vielmehr hat sie, völlig gelassen und offen, ihr Leid auf sich genommen. *Bald werde ich eine kleine Wolke sein,* hatte sie mir mit zittriger Schrift geschrieben, *und gleich darauf werden sich mir drei kleine Wolken zugesellen. Mein ganzes Leben habe ich nichts anderes getan, als in freudiger Erwartung auf unser Wiedersehen zu hoffen.*

Rebellion

29. August

Du hast die letzten Wochen damit verbracht, für die Aufnahmeprüfung zu lernen und jetzt hast du selbstverständlich den Eindruck, dass du dich an nichts mehr erinnern kannst. *Ich bin davon überzeugt, dass ich versagen werde*, schreibst du mir, *und nach diesem Versagen wird es für mich keine Zukunft mehr geben. Schließlich wird mir nichts anderes übrig bleiben, als zu tun, was ich schon immer verabscheut habe – ein Praktikum in einer Steuerkanzlei zu machen. Und dann, wenn ich bereits graue Haare habe, werde ich mit einem Magengeschwür in meiner eigenen Kanzlei sitzen – als Verkörperung einer gesellschaftlich hoch angesehenen Position, die sich meine Eltern stets für mich erträumt haben. Und dann werde ich mir erst darüber klar werden, dass ich von Anfang an hätte rebellieren müssen und ihnen sofort hätte sagen sollen: Ich interessiere mich weder für Betriebswirtschaft noch für Geschäfte. Warum soll ich damit meine Zeit vergeuden? Um euch glücklich zu machen? Aber ist es nicht so, dass das Glück der Eltern dem der Kinder untergeordnet sein sollte?*

Rebellieren! Ein wichtiges und gefährliches, aber auch notwendiges Wort. Ohne Rebellion ist keiner in der Lage, sein eigenes Leben aufzubauen und damit tatsächlich unabhängig zu werden. Aber wenn bei dieser Rebellion die Suche nach dem Sinn auf der Strecke bleibt, verwandelt sie sich in eine Rutschbahn, auf der wir immer weiter nach unten gleiten, so dass wir niemals unser Selbst verwirklichen. So lenken viele Eltern aus einem falsch verstandenen Beschützerdrang oder auch frustriertem Ehrgeiz die Zukunft ihrer Kinder in »abgesteckte« Bahnen. Sich aus diesen Fesseln zu lösen ist mehr als schwierig, vor allem wenn sie nicht durch Drohung oder Gewalt, sondern durch liebevolle Überzeugungskraft aufrechterhalten werden. Liebevoll, wie ich meine, doch nicht von der wahren Liebe getragen. Die wahre Liebe, ob nun in der Beziehung zu einem Kind oder auch zu jedem anderen Menschen, respektiert immer die Freiheit und akzeptiert auch das Risiko, das diese Freiheit mit einschließt. Liebe, die für einen anderen entscheidet, ist bloß egoistisch und unreif. Sie entspricht einer Liebe, die ständig Rechenschaft fordert und sich vor Versagen fürchtet. Kurz: Sie ist eine Art Bindung, die ihrerseits wieder nur kleine Liebe gebiert, einen Liebes-Bonsai, der nur in einem Gewächshaus gedeihen kann.

Wird nun diese liebevolle Überzeugungskraft mit dem Wunsch nach einem bequemen, ruhigen Leben verbunden, wird jeder Gedanke an Rebellion bereits im Keim erstickt. Sicher hättest du dich bereits dagegen auflehnen können, dich an der Universität einzuschreiben, aber wahrscheinlich überwog zu diesem Zeitpunkt das Für noch das Wider. Vielleicht wolltest du damals noch deinen Vater glücklich machen und auch unangenehmen Diskussionen und Meinungsverschiedenheiten aus dem Wege gehen. Immerhin wusstest du, du würdest ein Auto geschenkt bekommen. Kaum dass du dein Diplom in der Tasche hättest, würdest du mit Sicherheit von einem Freund deines Vaters in seiner Kanzlei eingestellt werden und hättest damit weniger Schwierigkeiten bei deinem Berufseinstieg. Warum solltest du in einer Welt, in der die Ellbogen regieren, auf all diese Vorteile verzichten? Wozu auch?

Erinnerst du dich an das Gleichnis vom verlorenen Sohn im Evangelium? Der ältere Sohn bleibt zu Hause, nicht aus Liebe, sondern genau aus den gleichen Gründen wie du. Später, als er erkennt, dass sein Opfer zu nichts geführt hat, wird er von Bitterkeit ergriffen. Und als der jüngere Bruder nach seinem gescheiterten Ausflug in die Welt nach Hause zurückkehrt, wird er vom Vater besser behandelt als er.

Diese Enttäuschung, verbunden mit dem Bedauern, was einem dadurch alles entgangen ist, verwandelt sich leicht in ein Gift, das unser Dasein zerstört, aber es kann durchaus auch zu der Hefe werden, die uns zu neuen Dimensionen erhebt.

Als du dich dazu entschieden hast, dich an der Schule für Physiotherapie anzumelden, hast du dich für diese gärende Unruhe entschieden. Warum willst du jetzt wieder einen Rückzieher machen? Du musst dagegen ankämpfen, dich gehen zu lassen. Wer diese Unsicherheit verstärkt, ist ein Feind deines Wachstums. Sei dir darüber im Klaren, dass dir immer mehr laute und leise Stimmen zum Aufgeben raten, je mehr du versuchst, deinen eigenen Weg zu gehen.

Jeden Augenblick finden in unserem Körper Tausende, vielleicht sogar Millionen chemischer Prozesse statt. Wenn sie einmal aussetzen,

ist es mit unserem Leben vorbei. Warum ist es so schwierig, das gleiche Prinzip auf unser inneres Leben anzuwenden?
Unser ganzes Leben ist ständig im Wandel begriffen, der an zwei Fronten stattfindet – in und außerhalb von uns. An diesem Punkt musst du dir eine grundsätzliche Frage stellen. Wer oder was lenkt diesen Wandlungsprozess? Wird unser Dasein tatsächlich vom Zufall bestimmt? Wenn dem so ist, dann tun wir gut daran, uns zu verschließen, zu schützen und uns ständig Vorteile zu verschaffen, um mit möglichst geringen Einbußen bis ans Ende unseres Lebens zu gelangen.
Aber wenn anstelle des Zufalls die göttliche Vorsehung hinter den Kulissen waltet? Wenn der Schlüsselbegriff nun nicht »sich schützen« lautete, sondern »annehmen«? Herausforderungen und das Unerwartete akzeptieren, das Risiko und die Begegnung mit unseren Mitmenschen annehmen, aber ebenso das Versagen, den Fall und das Böse. Alles Böse und alles Versagen, so schwer es auch zu akzeptieren ist, ist doch schmerzlich notwendig für die Dynamik unseres inneren Wachstums.

Der faule Fisch und die Mayonnaise

5. SEPTEMBER

Die Prüfung ist geschafft und jetzt bleibt dir nichts anderes zu tun, als auf das Ergebnis zu warten. Das sind schlimme Tage, ich weiß. Natürlich hast du den Eindruck, keine Frage richtig beantwortet zu haben, aber das kann auch ein gutes Zeichen sein. Obwohl ich die selbstsicheren Leute immer beneidet habe – eine Kategorie, zu der ich leider nicht gehöre –, bin ich trotz allem davon überzeugt, dass die Unsicherheit auch ihre positiven Seiten hat. Wenn sie nicht krankhaft ist, ist sie wie ein Einstieg, der unsere Persönlichkeit immer offen hält. Durch sie sind wir überhaupt fähig, Vorschläge oder Kritik anzunehmen und unsere Handlungen mit den Augen der anderen zu sehen, ohne die perfekte Lösung eines Problems sofort zur Hand zu haben.

Schon als ich ein Kind war, haben mich arrogante Menschen immer eingeschüchtert und in mir ein beunruhigendes Gefühl verursacht. Ich war davon überzeugt, dass mein Leben, da ich keine ihrer Eigenschaften besaß, total zum Scheitern verurteilt sei. Tatsächlich passierte jedoch etwas völlig anderes. Trotz meiner ständigen Zweifel und Bedenken, habe ich es in den vergangenen Jahren geschafft, etwas aufzubauen. Sei also nicht allzu deprimiert und höre vor allem nicht auf das, was wir als die »Tyrannei der öffentlichen Meinung« bezeichnet haben. Sollen sie doch Tabletten gegen Schüchternheit und Verwirrung erfinden. Sollen sie die DNS auf der Suche nach den Gründen von Schwäche und Angst durchforsten. Sollen sie doch ruhig die einzelnen Bestandteile des genetischen Codes zerschnipseln und wieder zusammenkleben, um den wirklich glücklichen Menschen zu schaffen.

Wenn du dich entschieden hast, den Weg deines Inneren zu durchlaufen, betreffen dich all diese Dinge nicht mehr. Du bist sowohl der Kapitän als auch das Schiff, das du in den Hafen steuern musst. Wenn du deine Fahrt beginnst, weißt du noch nicht, wie das Meer, dem du dich aussetzen musst, sich verhalten wird. Es kann so glatt sein wie Öl oder durchfurcht von Wellen, die höher sind als der Rumpf deines Schiffes. Du wirst vielleicht die Sonne und die Sterne erblicken oder aber von der bewegten, gewaltigen Finsternis eines Sturms umgeben sein. Auf jeden Fall wirst du immer allein sein und nicht in der Lage, dich an jemanden zu wenden und zu ihm zu sagen: Glätte die Wogen und gib mir die Sonne zurück.

Das ist die vollkommene Einsamkeit eines suchenden Menschen, dem keine Stützen oder Haltegriffe mehr geblieben sind und dem die ihn umgebende Welt ohne jedes Verständnis gegenübersteht. Ein gewisses Interesse für den geistigen Bereich und die Verbesserung unseres psychischen Lebens sind natürlich erlaubt und werden sogar oft mit Beifall aufgenommen. Es ist ja nicht falsch, die Angst mit den Beschwörungsformeln eines Schamanen statt mit einer Tablette zu heilen. Und warum nicht seine Unsicherheiten in einer

guten Gruppentherapie besiegen? Da wirst du die Liebe bekommen, die deine Eltern dir verweigert haben. In diesen Sitzungen werden ihre Fehler ausgeglichen und endlich kannst du dem Leben mit der Sicherheit gegenübertreten, von der du schon immer geträumt hast.
Ich kenne Leute, die seit Jahren zur Psychoanalyse gehen, aber anstatt den Sonnenblumen zu gleichen, die ihr Antlitz mit freudig frechem Mut der Sonne zuwenden, sehen sie so aus, als seien sie von Schlingpflanzen befallen, die ihnen die Luft abschneiden und sie so sehr schwächen, dass sie schließlich mit eingerollten Blättern in sich zusammenfallen.
Ich kenne Leute, die sich gezwungen haben, so lange im Lotussitz zu verharren, bis sie mit diesem Wahnsinn ihre Knie ruiniert haben. Dabei waren sie überzeugt, durch diese Praktik die vollkommene Erleuchtung zu erlangen. Doch das Einzige, was sie tatsächlich erlangten, war eine Rechnung von ihrem Orthopäden.
Ich kenne Leute, die sich über Stunden mit orientalischen Körperlehren befassen, um sich dann, sobald sie zu Hause sind, einen Joint zu drehen. Und es kommen ihnen nicht einmal Zweifel, ob diese Droge nicht mit jedem Zug all das, was sie mit so großer mystischer Hingabe studierten, wieder zunichte macht.
Ich kenne Leute, die Unsummen dafür ausgeben, immer wieder neuen Gurus zu folgen. Ihr Leben ähnelt zunehmend dem von Schiffbrüchigen, die zwischen den Wrackteilen ihres Schiffes herumschwimmen. Auf der Suche nach einer rettenden Planke, die ihnen Halt bieten könnte, bewegen sie sich rastlos hin und her.

All diese Leute versuchen ihre Unruhe als eine weltliche Dimension zu begreifen und beantworten sie auch mit weltlichen Mitteln. Weltlichkeit aber bedeutet Oberflächlichkeit, ganz so, als wollte man einen faulenden Fisch mit Mayonnaise bedecken. Wie schön sieht er aus unter seiner goldgelben Woge und den Petersiliensträußchen, die um ihn herum angerichtet sind. Aber was ist darunter? Wie kann man ihn essen, ohne sich daran zu vergiften?
Der echte spirituelle Weg kennt weder die Annehmlichkeit der Gesellschaft noch die Wärme des Trostes. Er ist nackt, einsam und hart wie die Verzweiflung im Sturm, die kein Leuchtturm am Horizont erhellt. Er ist das Holz deines Schiffes, das im Strudel untergeht, das Nichts, das es mit deinen Knochen zermalmt. Aber dieses Nichts ist nicht das, was sich die Philosophen vorgestellt haben. Je mehr du dich ihm stellst, desto mehr wird es sich als Nahrung erweisen und als Fels. Jener Fels, den du seit langem gesucht hast, um dein Haus darauf zu erbauen.

Das innerste Gefühl

12. SEPTEMBER

Über meinen letzten Brief warst du ein wenig aufgebracht. Nachdem du dich gerade dazu entschlossen hattest, dich bei einem Meditationskurs anzumelden, der deinem Leben zu etwas mehr Frieden verhelfen soll, habe ich dich sofort wieder mit Unsicherheit erfüllt.

Die Vorstellung, damit einer Zeit der Schwierigkeiten und Einsamkeit ausgesetzt zu sein, hat mich in Angst und Schrecken versetzt. Doch nicht nur das, ich fühlte mich plötzlich auch gezwungen, mir die vielleicht ein wenig brutale, aber ehrliche Frage zu stellen: Warum soll ich mir das antun? Im Grunde genommen ist mein Leben, auch wenn ich ständig herumjammere, doch gar nicht so schlecht. Selbst wenn ich diese Prüfung nicht bestehe, werde ich, ganz wie du gesagt hast, früher oder später sicher etwas anderes finden. Wahrscheinlich werde ich mich auch verlieben, so dass sich mein Leben zwischen Hochgefühl und Verzweiflung einpendeln wird, wie bei allen anderen auch. Und was ist daran eigentlich so schlecht?

Was daran schlecht ist? Nicht das Geringste. Aber warum sollte jemand sein Terrain verkleinern, wenn er die Möglichkeit in sich trägt, es zu erweitern? Allerdings bedeutet das nicht, wie man heute häu-

fig denkt, es mit noch mehr Erfahrungen, Kenntnissen oder Dingen anzufüllen, sondern es vielmehr kleiner zu machen, um es dann auszudehnen.
Das ist es, was wir am Anfang vereinbart hatten, erinnerst du dich? Warum sich an die Mittelmäßigkeit anpassen? Warum nicht den Weg des edlen und frommen Menschen einschlagen? Und am Ende die Straße der Heiligkeit wählen – auch wenn dieser Begriff allen Angst macht? Besteht denn die einzig wahre Erfüllung unseres Lebens und das, worauf wir all unsere Hoffnung richten, nicht darin, uns eine Zukunft vorzustellen, die sich voll und ganz von der Gegenwart unterscheidet? Glaubst du denn tatsächlich, dass unsere Erde, so krank und belastet von Hass, Blut und Rache, so gefangen in einem Netz technologischer und destruktiver Macht, durch noch mehr Revolutionen und Massaker gesunden oder gar edler werden kann? Glaubst du, dass aus Tod Liebe erwächst und durch Unterdrückung im Namen eines gerechten Ideals Harmonie entsteht? Zu wie vielen Tragödien ist es gekommen, seitdem die Menschen annehmen, der Himmel sei leer, und daher das Paradies auf Erden errichten wollen. Und nur die Klügsten, die Tapfersten und die Stärksten dürfen dazu ermächtigt werden, diese Idee in die Tat umzusetzen, um sie dann den anderen aufzuzwingen. Und wie viele Tragödien gab es bereits zuvor – jedes Mal, wenn eine Gruppe von Menschen annahm, irgendwelche »Exklusivrechte« an Gott zu besitzen.
Ein japanisches Sprichwort lautet: Wenn ein Kind stirbt, leiden die Bekannten mit dem Kopf, die Freunde mit dem Herzen, die Mutter aus den tiefsten Tiefen ihres Gefühls. In diesem Satz liegt nach meiner

Ansicht eine tiefe Wahrheit verborgen. Immer öfter ertappe ich mich bei dem Gedanken, dass wir nicht den Kopf oder das Herz aktivieren müssen – die haben wir leider immer viel zu viel und auf falsche Weise aktiviert –, sondern gerade das innerste Gefühl. Das Gefühl, jenes Wort, das für uns Abendländer, Hellenisten, Scholastiker und Kartesianer so schrecklich ist. Das innerste Gefühl zu berücksichtigen beginnt damit, wie eine Mutter aufmerksam und mit liebevoller Wachsamkeit für unser inneres Leben und alles, was uns umgibt, Sorge zu tragen. Wir müssen es machen wie unser Vorbild, die Mutter Gottes, die den Sohn empfängt und zur Welt bringt und auf diese Weise das »wahre Licht, das die Menschen erleuchtet« gebiert. Dieses Licht müssen wir in uns selbst zum Leben erwecken, es voll und ganz annehmen. Und dann müssen wir dieses Licht in der Welt um uns herum erstrahlen lassen und es in dem einzigen Rhythmus von Bedeutung, dem Rhythmus der Liebe, ein- und ausatmen.

Selbstverständlich kannst du das alles ablehnen oder nicht allzu tief eindringen lassen, damit du dich nicht in deiner Ruhe gestört fühlst – eben ein wenig wie Mayonnaise auf dem Fisch. Du kannst es als eine Garnierung verwenden oder dein gesamtes Leben darauf ausrichten. Das hängt ganz und gar von deiner Entscheidung ab, deinem Mut und deinem Willen, Risiken und Niederlagen auf dich zu nehmen.

Es hängt auch von deiner Bescheidenheit und deinem Stolz ab, auch von der Gabe, jenes Klopfen an deiner Tür zu hören, an die Er seit Anbeginn aller Zeiten klopft. Gott sei Dank ist jedes Leben verschieden und jedes hat seine eigene Partitur. Manche verlaufen langsam, andere getragen, wieder andere feierlich.

Du hast mich gebeten, aufrichtig mit dir zu reden und ohne Heuchelei. Das habe ich hiermit getan, entsprechend meines Temperaments, das im Guten wie im Bösen kein Mittelmaß kennt. Mir ist die Dringlichkeit unserer Zeit und ihre Dramatik voll bewusst. Mein Gefühl sagt mir, dass wir uns dringend erneuern müssen. *Ihr, die ihr schlaft, wacht auf!* So hat die heilige Katharina ihre Briefe beendet.

Groß werden

20. SEPTEMBER

Soeben bin ich aus Triest zurückgekommen, wo ich bei meiner »italienischen« Nichte eine Stippvisite zu ihrem Geburtstag gemacht habe. Fünf Jahre alt, und der ganz große Wunsch, erwachsen zu werden. Einmal sah ich sie auf dem Boden in ihrem Zimmerchen sitzen, sie hatte ein aufgeschlagenes Buch auf den Knien und hielt mit ihrem Zeigefinger die Brille auf der Nase fest. »Was machst du gerade?«, fragte ich sie. »Ich lerne, um groß zu werden.«

Während der Zug zwischen den Ausläufern des Karstgebirges dahindonnerte, wurde mir die naive Kraft ihrer Worte bewusst. Wie viele von uns kommen nie auch nur auf den Gedanken eines so weisen Vorsatzes und wie viele geben sich bei ihren Bemühungen allzu schnell zufrieden und hören bereits nach den ersten Buchstaben auf, da sie davon überzeugt sind, längst das ganze Alphabet zu kennen. Für wie viele formt sich ihr Wissen in ein immer größer werdendes Behältnis um, in das sie sich einschließen können, oder sie hören nicht auf, durch ein Mikroskop auf das immer gleiche Präparat zu starren.

Wie viel Wissen und wie wenig Weisheit enthält die Welt um uns herum! Alle wissen, wie man sein Wissen vergrößert: Es genügt, ein

Buch zu öffnen und den Inhalt in seinem Gedächtnis zu speichern. Aber um zu Weisheit zu gelangen, muss man einen viel steinigeren Weg gehen. »Mein Herz war bewegt, sie zu schauen, darum erwarb ich sie als kostbares Gut«, sagt Jesus Sirach über die Weisheit (51,21). Eben haben wir über das Innerste gesprochen und schon taucht es hier in Gestalt des Herzens wieder auf. Gerade durch unser innerstes Gefühl ist es uns möglich, Hunger und Durst zu verspüren. Durst nach dem Licht und Hunger nach der Wahrheit. Denk einmal über diese beiden Zeilen nach. Es steht nicht geschrieben, dass sich sein Innerstes begeistert, sich darauf fixiert oder sich erregt, sondern es »wird bewegt«, es erschauert.

Kannst du dich erinnern, wie wir über das Gebet gesprochen haben? Auch das Gebet hat mit emotionaler Bewegung zu tun und diese Bewegung reicht bis in die Wurzeln unseres Seins hinab, rüttelt es wach und beeinflusst sogar den Zustand unseres Körpers. Alles betrifft mich und ich bin in alles mit einbezogen. Die Dinge berühren mich bis in die Tiefe meines Menschseins. Sie berühren mich bis an jenen Punkt, an dem ich mir selbst fremd werde und mich in das Mysterium verwandle, das sich in der Betrachtung des Mysteriums ergeht, um es dann ganz in sich aufzunehmen.

Emotionale Bewegung und Gebet sind zwei Seiten derselben Medaille. Während die emotionale Bewegung mich beten lässt, bewegt mich das Gebet. Doch erwächst diese Bewegung nicht aus sentimentalen Motiven, ist kein Ausdruck von Aufgabe oder infantilem Protest, sondern besitzt große Kraft, die sich für immer auf die Realität auswirken wird.

Wenn man mir in deinem Alter gesagt hätte, dass das Gebet die Welt trägt, hätte ich wahrscheinlich ungläubig mit den Schultern gezuckt. Heute weiß ich, dass es so ist. Es ist die unsichtbare, aber kontinuierliche Heilswahrheit, die alles, was um uns herum ist, trägt, segnet und verändert.

Erinnerst du dich an die Worte des Johannes: »Wundere dich nicht, dass ich dir sagte: Ihr müsst von neuem geboren werden« (Johannes 3,7)? Verstehst du? Man kommt auf die Welt aus dem Fleisch, aber danach muss man noch einmal geboren werden. Und diese Geburt aus Wasser und Geist, symbolisiert durch die Taufe, ist kein Ereignis, das wir vor geraumer Zeit in der Unbewusstheit des neugeborenen Kindes erfahren haben. Es muss an jedem Tag geschehen, in jedem Augenblick und bei jedem Atemzug, so dass ich unserer Endlichkeit bereits den Samen des Himmelreichs einpflanzen kann.

Dieser Samen ist es, der Spross, Pflanze und schließlich Baum werden muss. Um diese künftige Frucht musst du dich kümmern, wenn du ein wahres Leben führen willst. Und während du diese Pflanze pflegst, wirst du fühlen, wie in dir ganz allmählich eine andere Dimension entsteht. Am Anfang wirst du kaum in der Lage sein, ihr einen Namen zu geben, da sie in nichts den dir bekannten Vorstellungen gleicht. Wie bei einem Kaleidoskop, in dem die einzelnen Glasstücke ständig aufs Neue ihre Position verändern und dabei wechselnde Muster bilden, kommt es dir vor, als empfändest du immer wieder aufs Neue Glück und Leichtigkeit, Kummer und Schmerz, Einsamkeit und Verzweiflung. Diese seelischen Zustände werden in dir stets lebendig sein, aber sie werden dich niemals verändern oder von deinem Vorhaben abbringen, weil nun dein Haus auf Fels gebaut ist. Eines Tages wirst du am Morgen erwachen und, während du deine Augen öffnest, erkennen, dass in dir endlich Frieden ist, nicht so, wie du ihn dir schon lange erträumt und vorgestellt hast, die Ruhe, die dir die Welt schenken kann, sondern ein anderer Friede, der Friede der dauerhaften Wiedergeburt. Der Osterfriede.

Die Revolution des Herzens

27. SEPTEMBER

Die Zeit der Trennung ist gekommen. Der Herbst naht und mit dem Herbst die neuen Aufgaben, denen wir uns stellen müssen.

In diesem Jahr, das zumindest für mich wie im Flug vergangen ist, haben wir ein großes Stück Wegs gemeinsam zurückgelegt. Während wir langsam und stetig unseren Weg voranschritten und über unser Seeleninneres sprachen, schäumte und zischte die Welt um uns wie ein Dampfkochtopf kurz vor der Explosion. Es ist möglich, dass dich das verwirrt hat. Vielleicht hast du manchmal gemeint, dass ich vor der Verantwortung fliehe und mich in ein Paradies schöner Worte und edler Gefühle zurückziehe, um das Grauen, das uns alle umgibt, nicht ertragen zu müssen.

Es stimmt, dass unsere Erde von Blut trieft. Menschen vergießen das Blut von Menschen, wie sie die Schöpfung, die ihnen anvertraut wurde, in jenem kaum sichtbaren, aber umso rasenderen Wahnsinn zu zerstören versuchen. Während eine kleine Gruppe immer unnützere Gegenstände aufhäuft und dabei die Ressourcen, die allen gehören, verschwendet, um anschließend die Welt mit Müll zu überschwemmen, verschwinden die Glühwürmchen und die Maulwürfe, verdorren die Wiesen und die Wälder, werden die Meere und die Flüsse vergiftet. Alle, die nicht zu dem reichhaltigen Bankett geladen sind, sterben vor Krankheit und Hunger. Was für einen Sinn hat es also, seine inneren Gefühlsregungen zu erörtern? Ist das nicht Zeitverschwendung und eine Form von nicht akzeptablem Egoismus?

Das Jahrtausend des Friedens, das uns in Aussicht gestellt wurde, wurde von Szenarien eingeleitet, die uns mehr an die Apokalypse denn an ein neues goldenes Zeitalter erinnern. Wut, Hass und Stolz oder Verteidigung und Rache sind Worte, die viele im Munde führen. Das sind keine Worte der Unschuld. Es sind Worte des Kampfes, der Waffen und der Angst. Sie verwandeln das Leben all derer, die sie auf den Lippen führen, in etwas sehr Kleines und Einengendes. Es ähnelt den Käfigen, von denen ich in meinem ersten Brief geschrieben habe. Dieser Raum ist meiner, dieser Fressnapf gehört mir und ich bin bereit, meine Zähne und Krallen zu benutzen, um jedem Eindringling den Zutritt zu verwehren. Je härter die Zeiten sind, desto leichter verfangen wir uns in Angst und halten daher noch stärker an unserem Besitz fest. Ebenso leicht ist es aber, den Sirenen des Schuldgefühls, die leider immer lebendig sind, Gehör zu schenken. Der Welt geht es schlecht und ich fühle mich dafür verantwortlich, deshalb beschließe ich, in die Opposition zu gehen und mich einer Ideologie zu verschreiben, die im Gegensatz zu der herrschenden steht. Ich gehe zu Demonstrationen und nehme an Diskussionen teil, ja, ich male mir sogar mein Gesicht an, um meinen Protest deutlich zu machen.

Alles selbstverständlich berechtigt, weil die Gleichgültigkeit gegenüber dem Bösen vielleicht schlimmer ist als das Böse selbst, aber das sind Entscheidungen, die sich als gefährliche Vereinfachungen herausstellen können. Ich ergreife Partei mit den Gerechten gegen die Ungerechten und mit den Guten gegen die Bösen. Infolgedessen ist alles, was ich tue, automatisch gut und gerecht. Aber ist das wirklich so?

Kannst du dich an die vorletzte Seite von *Geh, wohin dein Herz dich trägt* erinnern? »Jedes Mal, wenn du, wachsend, Lust haben wirst, die falschen Dinge in richtige Dinge zu verwandeln, erinnere dich daran, dass die erste Revolution, die man machen muss, die im eigenen Inneren ist, das ist die erste und die wichtigste. Für eine Idee zu kämpfen, ohne eine Idee von sich selbst zu haben, ist mit das Gefährlichste, was man tun kann.« Sich eine Ideologie zu Eigen zu machen beruhigt meine Schuldgefühle und gibt mir ein ruhiges Gewissen. Doch die eigene Missbilligung nach außen zu tragen, ohne das eigene Leben zu verändern, lässt wieder aufs Neue die Beschränktheit eines Käfigs erkennen.

Der Weg des Friedens entsteht nicht durch Opposition, sondern allein dadurch, dass ich mich auf den Weg mache. Erst in dem Augenblick, in dem ich mich entscheide, die Dunkelheit meines Herzens zu überwinden, kann ich eine Veränderung in meinem tiefsten Sein bewirken. Auf einmal entdecke ich, dass das Böse durchaus nicht auf der andern Seite des Zauns in Gestalt eines sichtbaren Feindes zu finden ist, sondern tief in mir selbst lebt und atmet, sich in mir bewegt, mit mir schläft und wacht. Deshalb ist es mir unmöglich, es mit irgendwelchen Parolen zu verunglimpfen, es zu verfolgen und mit Steinen zu bewerfen.

Um das Böse in seinem Herzen aufzustöbern, benötigt man das Gute. Nicht die Vorstellung vom Guten in philosophisch-ethischer Hinsicht, sondern das Gute, das sich vom Himmel auf uns herabsenkt. Das Gute als Impuls, das Gute als Vollendung versteckt sich im tiefsten Inneren unseres Seins.
Jede Verwandlung meines Ichs ist eine Bewegung von innen nach außen. Wenn ich es schaffe, mich in meinem tiefsten Inneren zu ändern, verändere ich auch die Welt um mich herum. Verändere ich allerdings nur meine Worte, Ideen und geistige Ausrichtung, dann bleibt um mich herum alles gleich. Um zur Vollendung zu gelangen, wartet die Geschichte auf die Erlösung der Herzen.
Dies allein ist der Grund, warum wir über das, was in unserem Inneren geschieht, und nie über äußere Ereignisse gesprochen haben. Die Kriege und Anschläge, die Verwüstungen und Übergriffe fanden keinen Eingang in unsere Briefe. Das lag jedoch nicht daran, dass sie mich nicht berührt oder getroffen hätten, ganz im Gegenteil, sondern daran, dass der richtige Zeitpunkt, ihnen entgegenzutreten, noch nicht gekommen war. Wir haben an unserem Herzen und an unserem innersten Sein gearbeitet, um in uns ein Gefühl des Staunens und der Wachsamkeit entstehen zu lassen.
Wenn man nicht von der Strömung einfach weggetrieben oder von der Banalität des Bösen verschluckt werden will, muss man lernen, seine eigenen Gedanken und Gefühle zu kontrollieren, ganz wie ein Hirte, der am Abend seine Herde zurück in den Stall treibt. Um die Lähmung der Langeweile, des Zynismus und der sich daraus ergebenden unvermeidlichen Depressionen zu vermeiden, müssen wir

in unser Leben das Prinzip der Neugier und des Staunens einbringen. Neugier für das, was geschieht und was nie auf den ersten Blick offenkundig ist, und Staunen über die Kreativität, die in allem, was uns umgibt, zu entdecken ist.
Der Weg in das innere Sein ist jenen Anstrengungen vergleichbar, die einst die Menschen unternahmen, um Feuer zu entfachen. Immer wieder, pausenlos stießen sie einen Stein auf den anderen, bis endlich ein Funke übersprang. Doch um daraus ein Feuer zu nähren, benötigt man Holz, und um es schließlich auflodern zu lassen, muss man auf den Wind warten. Suche daher immer nach dem Feuer in deinem Leben und warte dann auf den Wind. Denn ohne Feuer, das Feuer der Liebe, und ohne Wind, den Wind des Geistes, wird unser Leben nichts weiter sein als eine Gefangenschaft in der Mittelmäßigkeit.

Shirley Seul

FRAU SEIN – SCHÖN SEIN

Ja sagen zu sich selbst

»Ich bin schön!« – Welche Frau vermag dies von sich zu sagen? Dabei ist es genau das, was jede sich sehnlichst wünscht. Shirley Seul lädt uns ein auf eine Entdeckungsreise zu unserer eigenen Schönheit, zu den Tiefen unserer Seele. Dorthin, wo die individuelle Schönheit einer jeden Frau ruht – erhaben weise und wunderbar weiblich.

Knaur
MensSana